少年陰陽師

真紅の空を翔けあがれ

結城光流

JN285272

13239

角川ビーンズ文庫

少年陰陽師

真紅の空を翔けあがれ

登場人物紹介
其々の想いと痛みを抱えて……の図
彰子（あきこ）
左大臣道長の一の姫。強い霊力をもつ。わけあって、安倍家に半永久的に滞在中。
もっくん（物の怪）
昌浩の良き相棒。カワイイ顔して、口は悪いし態度もデカイ。窮地に陥ると本性を現す。
昌浩（安倍昌浩）
十四歳の半人前陰陽師。父は安倍吉昌、母は露樹。キライな言葉は「あの晴明の孫!?」。

六合（りくごう）
十二神将のひとり。
寡黙な木将。
紅蓮（ぐれん）
十二神将のひとり、騰蛇《とうだ》。
『もっくん』に変化し
昌浩につく。
勾陣（こうちん）
十二神将のひとり。
紅蓮につぐ通力をもつ。

玄武（げんぶ）
十二神将のひとり。水将。
太陰（たいいん）
十二神将のひとり。風将。
安倍成親
昌浩の上の兄。暦博士。
じい様（安倍晴明）
大陰陽師。離魂の術で二十代の姿をとることも。
イラスト／あさぎ桜

◆　◆　◆

背が高いなぁと、思った。

ちょうど陽射《ひざ》しを背にしている形で、自分よりずっと高い。

「……お嬢《じょう》ちゃん、ひとつ頼《たの》みごとをきいてもらえるかい？」

逆光で陰《かげ》になっているので、その人の顔は見えない。かろうじて、唇《くちびる》の動きが読み取れる程度で、どんな顔をしているのかまではわからない。

知らない人に近づいたらいけませんよと、母から言い渡《わた》されている。だから、本当だったらそばにも寄らないでここから立ち去っていなければならないはずだった。

だが、どうしたわけか、ふらふらと引き寄せられるようにして、気がついたらこの人の前にいた。

「たのみごと、て、なぁに？」

首を傾《かし》げて尋《たず》ねる少女に、相手はついと指を差した。

「ほら、あそこに……」

うながされて首をめぐらせると、古びた小さな石の祠《ほこら》が立っていた。朽《く》ちかけた木の扉《とびら》があり、近づいてはいけないと郷《さと》の長老にきつく言われている。

「あの扉を、開けておくれ？」

少女は、幼い顔を強張《こわば》らせた。

あそこに近づいてはいけないと言われているのもそうだが、本能的に怖《こわ》いと思う場所なので、決して足を向けることはしなかった。遠くで見ているだけでも、足の下から何かが這《は》い上がってくるような気がして、薄《うす》ら寒くなる。

いいえ、と緩慢《かんまん》に首を振《ふ》る。なんだかふわふわした気分だ。うちに帰ろうと思う。なのに、意に反して足は動かない。

相手はもう一度、ひどく優《やさ》しい声音《こわね》で繰《く》り返した。

「あの扉を開けて、中にある――――」

なかにある、ものを。

頭の芯《しん》がくらくらしている。すべてが現実感を失って、まるでぬるい水に包まれているようだった。

水の向こうから奇妙《きみよう》な響《ひび》きの声が、耳の奥にしのんできてわだかまる。

あのなかに、あるものを。

「そう…、いい子だねぇ」

うっそりと呟《つぶや》く口元が、にいと嗤《わら》いの形に歪《ゆが》む。
瞳《ひとみ》から輝《かがや》きが完全に失《う》せ、少女は表情の消えた顔で、祠に向け足を踏《ふ》み出す。
最後の最後に垣間見《かいまみ》えた相手の目は、奇妙に吊《つ》り上がっていた。

◆　◆　◆

1

静寂《せいじゃく》が満ちている。

彼は、息をひそめながら目を開けた。

どことも知れない場所に、彼はいつの間にかたたずんでいた。

わかっている。ここは現世《うつしよ》ではないし、また十二神将たちが身を置く異界でもない。

ゆっくりと辺りを見渡して、彼は嘆息《たんそく》した。

「随分《ずいぶん》と、はっきりした夢だな」

耳に届いた己《おの》れの声音に瞬《また》きをする。ふいと視線を落とせば、肉が落ちて骨と皮ばかりであるはずの手は、瑞々《みずみず》しい張りを持っていた。

顔に触《ふ》れなくともわかる。遠い昔の姿に戻《もど》っているのだ。

そう思うと同時に、彼の口元に僅《わず》かな笑《え》みがこぼれた。

年若い姿。――彼《か》の人と初めて出会った頃《ころ》の。

これは夢だ。夢は願望を映す。

「────……」

彼はかすかに眉をひそめた。

風《ふ》が吹いてくる。どこまでもつづく闇《やみ》の彼方《かなた》から。

やがて、目を凝《こ》らした先に、ぽっと仄白《ほのじろ》いものが見えた。

唐突《とうとつ》に現れたそれは、みるみるうちに大きくなる。

そして、その向こうにたたずむ人影《ひとかげ》が、光に照らされてぼんやりと浮《う》かび上がった。

それが誰《だれ》なのか。認めた彼は、切なさを帯びたように目を細め、そっと呼びかけた。

「……若菜《わかな》」

仄白く燃え上がる、あれは炎《ほのお》だ。熱さは感じないが、ゆらゆらと踊《おど》る炎が、自分たちを隔《へだ》てている。

『……あなた…』

ずっと昔に絶えてしまったはずのその声は、記憶《きおく》にあるものと寸分違《たが》わなかった。

彼は駆《か》け寄りたい衝動《しょうどう》を堪《こら》えた。あの炎は境界だ。ここから一歩でも動けば、彼女は消えてしまうだろう。

そんな確信が、彼にあった。

炎の向こうで、若菜が悲しげに顔を歪ませる。

『ああ…私に力が足りなかったから。あの子を還《かえ》すために全霊《ぜんれい》を注いだのに、足りなかったたか耐《た》え切れなくなったように顔を両の手で覆《おお》い、若菜はすすり泣いた。

『ごめんなさい……。あの子を還すために、あの子が大切にしているものを、渡さなければならなかった』

それは、あの子が必要としているもの。絶対に、失ってはならなかったもの。

深く悲しい願いのために、引き換《か》えられるはずだった命。だが彼女は、その命を還してくれた。彼女の持つ力のすべてを込《こ》めて。

しかし、やはり、代償《だいしょう》は支払《しはら》わなければならなかったのだ。

彼は、瞑目《めいもく》して首を振った。

「いいや、お前はよくやってくれたよ……」

瞼《まぶた》を上げれば、仄白い炎の中に小さな影が横たわっている。

彼は気がついた。この炎は、自分たちを隔てているのではない。横たわる小さな子どもを包み込んで、徐々《じょじょ》に焼き尽《つ》くそうとしているのだ。

手をのばして炎にかざす。熱くはない。むしろ冷たい。凍《い》てつくほどに。

この冷たさが、この子を連れて行ってしまう。

『あの子が堕《お》ちてしまったら、それは私の力が足りなかったからです。ごめんなさい、ごめんなさい…』

ら…』

涙《なみだ》で震《ふる》える声は、昔とまったく変わらない。

——妖《あやかし》がいるのです。かまどの前に陣取《じんど》って、動いてくれなくて……

怖くて近寄れないから夕餉《ゆうげ》の支度《したく》ができないと言って、泣いていた。神将たちを置いておきたくても、彼らが発する神気が怖いという。人外のものが放つ強すぎる霊気もさることながら、人のようでいて決して人ではないその姿が恐《おそ》ろしいのだと。

悪気がないことは皆《みな》が承知していたから、配下の神将たちは困った顔はしても怒《おこ》ることはなかった。人外の異形は、『鬼《おに》』とひと括《くく》りにされることもある。人から見たら自分たちは『鬼』なのだからと。

『あまり長くは話せない。必死にお願いをして、一度だけと許してもらったの』

許してもらった、とは。

問うような視線を受けて、彼女は涙に濡《ぬ》れた目で僅かに微笑《ほほえ》んだ。

『本当は、いけないことなのだそうです。でも、情のわかる方だから、願いを聞き届けてくださった』

「それは……」

『川の向こうの冥府《めいふ》の、官吏《かんり》です。渡《わた》らずに川岸に留《とど》まりたいという願いを聞いてくださった方』

冥府の獄卒《ごくそつ》は恐ろしい鬼の姿で、はぐれた死者の魂《たましい》が彷徨《さまよ》っていないか常に目を光らせている。本当は、病で命を落としたあのときに、彼女も川を渡らなければならなかった。明かりひとつない、誰ひとりいない、暗く寂《さび》しい川のそばで、彼女は立ち尽くした。あちらに渡ってしまったら、きっともうあの人に会えない。置いてきてしまった。せめて待っていなければ、あの人はきっと悲しんで寂しんで。――とてもとても怒るだろう。

少しずつ冷たくなっていく彼女の手をとって、彼が瞬《また》くこともせずに自分の顔を見つめていたのを覚えている。固く引き結ばれた唇《くちびる》は色を失いかすかに震えていた。少しずつ輪郭《りんかく》のぼやけていく彼女の目は、彼の頬《ほお》に一筋の涙が伝ったのを確かに見たのだ。

そのときに、心を決めた。何があっても絶対に、この人を待っていようと。たとえ冥界の門を守る番人に咎《とが》められても、恐ろしい形相の役人に責め立てられても、私は川を渡らない。

しかし、規則どおりに冥府の獄卒は彼女を渡河《とか》させ、冥府に送ろうとした。

それを阻《はば》み、彼女の願いを聞き届けてくれたのが、ただひとり、人の姿をしていた冥府の官吏だ。

『その強情さが気に入った。上層部《うえ》と獄卒たちにも言い渡しておいてやろう。気がすむまでここで待てばいい』

そして、ひとりきりでいるのは退屈《たいくつ》だろうと、時折川の水面《みなも》に映る家族たちの姿を見守ることさえも許してくれたのだ。

『だから、あの子が悲しい決意をして、川べりにやってくることも知りました。私は、あの子をどうしても助けたかった』

官吏が許してくれたのは、川べりで待つことだけだ。代わりに彼女は、愛する者たちの許《もと》に死者の魂が還れる年の瀬《せ》にも、動くことを許されない身となった。

あるいは、あの暗く寂しいところに立ち止まり、縛《しば》りつけられていることが、彼女に科せられた罰《ばつ》なのかもしれない。死者の条理を曲げた彼女への。

そのことに思い当たり、晴明《せいめい》は眉を曇《くも》らせた。すると、それを見た彼女はますます目許を細める。

『それが私の選んだことだから、心配はしないで。………でもね、ひとつだけ、言ってもいいなら』

笑おうと努力している愛《いと》しい顔が、くしゃくしゃに歪《ゆが》む。

『見回りにくる獄卒の顔が、怖《こわ》くて。暗い中にひとりでいると、彼らが近寄ってくるだけで怖くて怖くて、涙が出てくるの…』

彼らはただひとりで川べりにいる彼女に危険がないよう、わざわざ足をのばしてくれているのだ。それを彼女は知っている。だが、あの暗闇の中で、水のせせらぎしか聞こえない静寂《せいじゃく》の中で、重い足音が響《ひび》くとどうしようもなく身がすくむ。

赤子の頃に死に別れた息子《むすこ》の、最後の子どもが冥府に向かう。それを知って、彼女は冥府の官吏に懇願《こんがん》した。

お願いです。あの子を現世《うつしょ》へ還してください。あの子が冥府の住人になってしまったら、私のあの人が悲しむことになる。あの子はまだ十三年しか生きていない。これからたくさんのことを見聞きして、きっと人の世の役に立つでしょう。

確かに、これはあの子が決めたことです。でも、心の底から望んでいたわけでは決してない。あの子は。

あの子はただ、大切なものを守りたかっただけなのです――。

晴明は目を閉じた。あの子の決意を聞いた夜。あの子の願いを聞いた夜のことを、思い出す。

そして、あの子がどれほど深く、強く、悲しい決断をしたのかを。

白く冷たい炎の中に横たわる、まだまだ成長しきっていない子ども。

若菜はその子を見つめ、はらはらと涙をこぼした。

『本当は…何も失わせずに還してあげたかった。けれども、冥府の官吏がそれはできぬと仰《おつしや》って……』

命は、現世に還してやろう。だが、ただではできない。必要なものは代償だ。

命を還す代わりに、命の次にその子どもが必要としているものを、ここへ置いてゆけ。それをお前に預けておこう。決して、還してはならない。どれほど心が揺《ゆ》れても、それをすればお前の魂は八大地獄《じごく》のいずれかに堕ちる。それだけではない、お前の咎を、お前が待っている男にも背負わせる。

それが、条理を曲げるお前たちに科せられた罰だ――。

晴明は頭《かぶり》を振《ふ》った。

「なんという……」

言葉を失う晴明に、だが彼女は穏《おだ》やかな眼差《まなざ》しを向けた。

『酷薄《こくはく》な、非道なと、お思いですか？　いいえ、いいえ、あの方は情けをかけてくださったのです。でなければ、完全に命を絶たれたあの子が息を吹《ふ》き返すことなど、できようはずがない』

たとえ、魂そのものが消え去ってしまうほどの力を込めても、若菜だけではあの子を現世に還すことはできなかったのだから。そして、命の代わりのものを支払った。

けれども。

『あの子がこれから歩む道から、光が失われてしまった。あの子は手探《てさぐ》りで進んでいかなければならない。それが……』

炎《ほのお》の中に眠《ねむ》る子ども。その炎が子どもの心を焼き尽くし、完全な闇《やみ》の中に取り込んでしまう。

燃え上がる炎に手をかざし、晴明は妻と末孫を交互《こうご》に見つめた。

「大丈夫《だいじょうぶ》だ。……この子はそれほど弱くはない。私もついている。だから……だから、もう、泣くな」

――大丈夫だ、ほら、妖は祓《はら》ったから。もう入ってくるなと言い含《ふく》めておいた。そう、それに、邸《やしき》の周りに禁厭《まじない》をしておこう。怖いものが入ってこないように。だから……もう、泣くな。

随分《ずいぶん》と昔の記憶《きおく》が、彼女の心に浮《う》かんで消えた。懐《なつ》かしくて切なくて、彼女は泣き笑いを浮かべる。

自分勝手で、不器用で、言葉を選ぶのがへたで。——誰《だれ》よりも優しく情の深い人。

そんな人だから、待ちつづけていられた。

若菜は涙をぬぐった。

『こんなことを言ったら、あなたは怒るかもしれないけれど…』

目をしばたたかせる晴明に、彼女はほんの少し嬉《うれ》しげに微笑んだ。

『決して会うことなどできないはずのこの子に会えて、抱《だ》きしめることができて、私は嬉しかった。……ごめんなさい。でも、本当に嬉しかったの』

闇の中でもまったく平気なふりをして見せるほど。

本当は、あなたのことをたくさんたくさん聞きたかったけれど、それも我慢《がまん》して。気を張りすぎて、あの子を還《かえ》したあとで力が抜《ぬ》けて動けなくなってしまったくらいに。

冷たい炎は変わらずに燃え盛《さか》り、彼らの愛する子どもはその中でじわじわと焼かれている。

それは、幻影《げんえい》などではなく、予兆なのだと、晴明はいまさらながらに気がついた。

晴明の表情からそれを見て取った若菜は、ほっとしたように息をつく。

彼女は、昌浩《まさひろ》のことを知らせるために、死者の条理を曲げて、冥府《めいふ》の官吏《かんり》に懇願し、晴明の許を訪《おとず》れたのだ。

『私はもう戻《もど》らなければ』

「暗くて静かなところにか？」

『ええ。あなた…、晴明様』

名残惜《なごりお》しげに夫の名を呼んで、彼女は目を閉じた。

『私は勝手にあなたを待っているだけ。暗くて静かな寂しいところだけれど、勝手に待っているだけよ、だから…』

彼女の言わんとするところを理解して、晴明は薄《うす》く笑った。

「勝手に先にいって、勝手に待っているのか。本当に、お前は変わらない」

そして、そのすべてがいとおしい。

せめて、その髪《かみ》にでもいいから触《ふ》れたいと思った。しかしそれは許されない。彼らは境界の狭間《はざま》にいる。互《たが》いの領域を侵《おか》してしまえば、この逢瀬《おうせ》を許してくれた冥府の官吏を裏切ることになる。

徐々《じょじょ》に消え失《う》せていく白い炎の中に横たわる、一度命を絶った子ども。そして、そのおかげで、消失するはずだった魂《たましい》のさだめをくつがえした神将。

炎が消えて、辺りは完全な闇に戻る。

静寂の中で、晴明はひっそりと呟《つぶや》いた。

「……すまない。もう少しの間、私はそちらへは行けそうもないよ……」

命の代わりに、命の次に必要なものを、あの子は失った。

それが、条理を曲げてしまったことに対する贖《あがな》いなのだと。

それほどのものを失っても。

「お前は本当に、取り戻したかったんだな…」

その想《おも》いは、彼とて同じだったけれども。

2

◆

◆

◆

祠《ほこら》の前に倒《たお》れていた少女を見つけたのは、同じ郷《さと》に住む女だった。八つと六つになる子どもを家に置いて、そろそろ芽を出したであろう山菜を採るために山に向かい、戻ってくる途中《とちゅう》だった。

郷から少しはずれた、入海《いりうみ》のごく近くにその祠はある。海といっても本当の海ではない。海とつながっているが、内陸に入り込んだ湖だ。

祠には近寄ってはならないと、幼い頃《ころ》から言い渡《わた》されていた。悪《あ》しきものが祀《まつ》られているから、近寄って、扉《とびら》を開けてはならないと。

郷の長老の話は恐《おそ》ろしかったが、子どもたちにとっては好奇《こうき》の対象にもなる。

まだ十にもならない頃に、友人たちと怖いもの見たさでそばまで近寄り、扉に触れたことがあった。

その途端《とたん》に、声がした。

――開けろ…

空耳かと思った。だが確かにその声は、同じ言葉を繰《く》り返したのだ。

――開けろ…！

無我夢中で郷に逃《に》げ帰った彼女たちは、そのまま数日間寝込《ね》んだ。その間のことはまったく覚えていないが、顔は土気色で全身が氷のように冷たく、なのに熱い熱いとうめいていたという。

あの祠には、悪しきものが祀られている。否《いな》、祀られているというよりも、封《ふう》じ込《こ》められているといったほうが正しいのかもしれない。

彼女はそれ以来、祠に極力近寄らないようにしていた。

そのあとも、長老の言いつけを破り度胸試《だめ》しだといって郷の子どもたちが時折祠に近づき、そのたびに原因不明の病に臥《ふ》せった。

だから大人たちは、あそこには決して近づくなと子どもたちに言い諭《さと》す。

「ふう…」

まだ少ないわらびやぜんまいを、背負ったかごに入れて、彼女は郷につづく道を進んでいた。

この道は、遠目に祠が見えるのだ。

幼少時の恐ろしい体験は彼女の心に深い傷を作っていた。視界に入るだけでも体が強張《こわば》る。極力目を向けないよう顔を背《そむ》け、ふと彼女は眉《まゆ》をひそめた。

祠のそばに、白いものがあった。

なんだろう。

恐る恐る目をやると、祠の前に郷の子どもが倒れている。彼女の家の近くに住んでいる、下の子と同い年の少女だ。

彼女は慌《あわ》てて少女の許《もと》に駆《か》け寄った。祠に近づくのは嫌《いや》だったが、ぴくりとも動かない少女のほうが気がかりだった。

「どうしたの、しっかり…」

抱き起こして、彼女は絶句した。

少女は目を開いたまま、氷のように冷たくなっていた。光を失った瞳《ひとみ》がぼんやりと空を見上げている。

だが、まだ息はあった。かすかに胸元《むなもと》が上下している。

「あれほど、ここに来たらだめだって言っておいたのに…！」

昔の自分と同じように、好奇心に負けてしまったのだろう。とにかく早く郷へ。

ずしりと重い少女を抱《かか》えた彼女の耳に、かたんという木の音が聞こえた。

反射的に背後を顧《かえり》みる。再びかたんと音が響《ひび》いた。

石を組み合わせた祠、木格子《ごうし》で作られた観音開きの扉が、開いている。

がたんと、重い音がした。

祠の中に、さらに白い石がある。普段《ふだん》は木格子の陰《かげ》で見えなかったその石が、下から何かに押し上げられるように動いていた。

がたん。

「……ひっ……」

少女を抱えたまま、必死で後退《あとずさ》る。

生ぬるい、乾《かわ》いた風が石の下から生じた。

——開いた……！

歓喜《かんき》の叫《さけ》びが轟《とどろ》き、同時に祠は内側から飛び出したものに破壊《はかい》された。

黒い影《かげ》が彼女の視界を覆《おお》い尽《つ》くす。

言葉にならない悲鳴が風を裂《さ》き、夕暮れ近くなった空に響いて消えた。

◆　◆　◆

冷たい風の中に、春の香《かお》りが含《ふく》まれるようになった。

「そうよね。もう弥生《やよい》も半ばだし。こっちは都より春の訪《おとず》れが早いのよ。だからわたしたちには都合がいいといえば都合がいいわ。山菜は芽を出してるし、獲物《えもの》もいるし。苦労しなくていいのはとっても楽よ。でも、わたしはできることなら晴明のところに戻りたいのよ。だってここにはいたくないんだもの」

誰《だれ》に対してというわけでもない。ただの独白だが、随分《ずいぶん》重い響きを持った言葉だ。

「太陰《たいいん》、どこにいる」

自分を呼ぶ声がする。あまり感情の見えない、子どもの声なのに大人びた口調の同胞《どうほう》だ。

聞こえているのだが、彼女はあえて気づかぬふりをしていた。

戻《もど》らなければいけないのはわかっている。大分時間が経《た》っているし、きっと心配しているだろう。それを考えると気がふさぐし、まだ臥せがちの子どもに心配をかけるのは本意ではない。

だが、あそこには。

「太陰、そんなところにいたのか」

自分を見つけた玄武《げんぶ》の口調に、少々非難の色が混ざった。聞こえているはずなのにどうして返事をしないのだと、言外に告げている。

太陰は舌打ちした。もっと見つかりにくいところにいればよかった。

「……なによ」

気乗りしないながらも太陰は視線を落とした。七丈《じょう》ほど下に、小柄《こがら》な玄武の漆黒《しっこく》の髪《かみ》がある。距離《きょり》があるので細部までは判然としないが、険しい顔をしているようだ。こちらに向けられた視線に棘《とげ》が感じられる。

小さく呟いた声は、風に乗って玄武の耳に滑《すべ》り込んだようだ。

「昌浩が心配しているぞ、何かあったのではないかと」

「仮にも十二神将が、この平穏極《へいおんきわ》まりない山の中で何があるっていうの」

「何もないならさっさと戻ってくるべきだろう。狩《か》りはどうした」

「とっくに終わったわ。そこ」

そっぽを向きながら、下のほうを指差す。

桂《かつら》のてっぺん近くの枝にちょこんと座っている太陰が指差すほうに目を向けると、仕留められた猪《いのしし》が一頭、四肢《しし》を木の枝にまとめて括《くく》りつけられ転がされていた。

視線を樹上に戻し、玄武は眉を寄せた。

「なら、戻るぞ。余計な心配をかけると、また体調が悪化する可能性がある。勾陣《こうちん》がついているから心配はないが、我らも早急《さっきゅう》に戻るべきだ」

太陰は眉をひそめた。

「……そうね。わかってるわ。でも…」

言い澱《よど》み、彼女は息をつくと、ひらりと飛び降りた。

危なげなく着地して、放《ほう》り出していた猪の首に藤蔓《ふじづる》を巻きつける。

蔓を手に猪をずるずる引きずる太陰に、玄武はそれまでとは違《ちが》った意味で険しい顔をした。

「そばに寄りたくない気持ちはわからないでもないが、それでは護衛ができないだろう」

自分たちの役目は、未《いま》だ本調子ではない昌浩の護衛だ。

「わかってるわ。晴明の命令だもの」

でなければ、騰蛇《とうだ》がいるあの場所から、とうの昔に離《はな》れているところだ。


智鋪《ちしき》の宗主《そうしゅ》と名乗る男がいた。

黄泉《よみ》につながる道反《ちがえし》の封印《ふういん》をとかんとしていた男だ。

その野望を阻《はば》むために、稀代《きたい》の陰陽師《おんみようじ》安倍《あべの》晴明の末孫である昌浩は、平安の都からはるか離れたこの出雲《いずも》の地にやってきた。

その折の激しい戦いで、昌浩はひどく消耗《しようもう》し、半月近くもの間臥せっていた。最近ようやく一日の半分起き上がっていられるようになったが、まだ予断は許されない。

太陰と玄武は、安倍晴明が率いる十二神将だ。昌浩の護衛と、都にいる晴明に状況《じようきよう》を伝える役目を担《にな》っている。

昌浩のほかに、もうひとり、晴明の孫である安倍成親《なりちか》が現在こちらに向かっていて、彼が合流したところで一同は場所を移動する予定だった。

「藤原道長《ふじわらのみちなが》の荘園《しょうえん》て、どこなの？」

成人男性を凌《しの》ぐ重量であろう猪を涼《すず》しい顔で引きずりながら、太陰は玄武を顧みる。山菜を抱えた玄武はついと首をめぐらせた。

「山代郷《やましろのさと》だな。あちら側…ここより西の、入海のほとりだそうだ。歩いて一日か二日というところだろうが、昌浩にはまだ無理だろう」

頷《うなず》いて、暮れようとしている西の空を太陰は見はるかす。

「成親がつくまで、あと半月近くはかかるでしょう。それくらいあれば、万全に近くなるんじゃない？」

「通常の精神状態であれば、いくらでも快復を見せるだろうが、いまの状態ではなんとも言えん」

玄武の言わんとするところを読み取って、太陰はうつむいた。

「……そう、ね…」

筑陽郷《つきやのさと》というのが、一番近くにある郷だ。この郷の一部が余戸里《あまりべのさと》で、智鋪社《ちしきのやしろ》はその里からはずれた、山間の地にあった。

近くとはいえ、大分距離がある。ふたつの入海の東の海に面していて、筑陽川《つきやがわ》沿いに集落が集まっている。

彼らが現在滞在《たいざい》している庵《いおり》は深い山中にあって、筑陽川の水源が近い。だからきれいな水には不自由していない。さすがにここまで分け入ってくる郷人もいまのところいないので、静かに休養するにはある意味最適な環境《かんきょう》だ。

もっとも、郷人もいまは山に入るどころではないのかもしれないが。

急ごうと言いながら走ろうとはしない玄武が、思い出した様子で視線を投げてきた。

「先日、郷を見てきたのだろう。混乱していたか？」

足を止めて、太陰は眉《まゆ》をひそめる。

「うん、しばらくつづくんじゃないかしら。生き神様が突然失踪《とつぜんしっそう》して、社は倒壊《とうかい》してるわけだし」

そのまま彼女は北東の空を眺《なが》めやる。

十数年前に現れた智鋪の宗主が建てた社は、郷人の狂信《きょうしん》的ともいっていい信仰《しんこう》を集めていた。が、その宗主が姿を消し、社に仕えていたはずの者たちも糸が切れたようにして倒《たお》れた。もともと死者に偽《いつわ》りの命を与《あた》えて使役《しえき》していた傀儡《くぐつ》だったようだから、宗主が消えたためその効力が失せたのだ。傀儡たちが一晩も経《た》ぬうちに風塵《ふうじん》と化したことも、郷人の恐慌《きょうこう》に拍車《はくしゃ》をかけているに違いない。

「心を寄せていたものが突然消えるのって、どんな感じなのかしら」

「我々にはそういう対象はないからな」

本気で思案顔を作る玄武だ。

「そうよね……。強《し》いて言うなら晴明がそうかもしれないけど、わたしたちは依存《いぞん》してるわけじゃないし」

安倍晴明を主《あるじ》として仕えてはいるものの、感覚としては対等の間柄《あいだがら》に近い。だがそれは、晴明の性格と十二神将の扱《あつか》い方がそう思わせているのだろう。彼は常に、十二神将を「朋友《とも》」と呼ぶ。そんな男だから、十二神将たちは彼の麾下《きか》につくことを是《ぜ》としたのだ。

再び足を踏《ふ》み出しながら、太陰はそっとため息を吐《は》いた。

そろそろ庵だ。この森を抜《ぬ》けると少し開けた場所があり、そこに建っている。川の近くだが周囲を森に囲まれているので、当て推量でここまでたどり着くのは容易ではない。

一間《ひとま》と土間だけの建物は、天然の生垣《いけがき》に囲まれている。一間のほぼ中央に囲炉裏《いろり》があって、そこで煮《に》炊《た》きができるのだ。

ふと、玄武が息を呑《の》んだ。

「……ほら、言わないことはない」

舌打ちしそうな口調だ。視線を向ければ、庵の戸口に近い木の根元に、いささか青ざめた顔の子どもが座り込んでいた。

弥生《やよい》も半ばとはいえ、夕暮れが近くなればぐっと冷える。病《や》み上がりの身で、あんなところに座っていては体に障《さわ》るではないか。

「昌浩、そんなところにいては…」

玄武の硬《かた》い声を聞いたのか、空をぼんやり見上げていた昌浩が視線を落とした。が、その目は玄武と太陰を素通《すどお》りして、捜《さが》すように彷徨《さまよ》う。

「玄武？　どこだ？」

ふたりははっとして、慌《あわ》てて神気を強めた。

ほんの僅《わず》か、――――徒人《ただびと》に見える程度に。

突然姿を見せた玄武と太陰を認めて、昌浩がほっとしたように笑う。

「お帰り。あんまり遅《おそ》いから、待ってたんだ」

「すまん。少し、時間がかかってしまった」

しょげる玄武に昌浩は慌てて手を振《ふ》る。

「や、寝《ね》てばっかりなのにもあきたから、気分転換《てんかん》にちょうど良かった。……ちゃんと、勾陣にも許可もらったし」

許可したとはいっても、おおかたため息混じりにだったのだろうが。勾陣はあまり抑圧《よくあつ》的な物言いはしないから。

ほんの少し視線を落として、昌浩は寂《さび》しげに目を伏《ふ》せた。

「……やっぱり、ちょっとしんどいかな。あ、そばにいるな、ていうのはちゃんとわかるし、声も聞こえるから、大して問題はないと思ってたんだけど…」

これでも、昔よりははるかにましな状態だけど。

そう結んで、昌浩は立ち上がった。

「そろそろ日も暮れるし、中に入ろう…ん？」

太陰が引きずってきた猪に気づき、昌浩は目を丸くする。

「わ、すごいねぇ。どうやって仕留めたんだ？」

「簡単よ。突進してくる鼻面めがけてこう、風の鉾《ほこ》を叩《たた》きつけるの」

ひょい、と何かを投じる仕草を涼しい顔でしてのける太陰を見つめて、昌浩はいささか引き攣《つ》った笑《え》みを浮《う》かべた。

「…………簡単なんだ」

「ええ、簡単。一発で動かなくなるから、とどめを刺《さ》して血抜きをして、あとはさばくだけ。ああ、毛皮もなめせば使えるけど、どうする？」

こともない風情《ふぜい》でつづける彼女は、発言だけ聞いていれば百戦錬磨《れんま》の猟師《りょうし》だ。

「これからの季節に毛皮は必要ないだろう。それに、ここにそれほど長期滞在するわけでもな

い。さしあたっての食料確保ができればいいのではないか？」

玄武の意見に、太陰は素直に頷いた。

「それもそうね。じゃあさばいたあとで山奥に捨てに行きましょう。自然のものは自然に帰す、これが基本だわ」

うんうんと頷く太陰の仕草に昌浩は苦笑《くしょう》混じりの笑みを返す。そんな彼に、いつもの大人びた口調で玄武が尋《たず》ねた。

「勾陣たちは中か？」

「うん。六合《りくごう》は念のための見回りに出てくるって言ってた。……………六合は毎日出て行くね」

警護のための巡回《じゅんかい》なのだろうが、それだけではないような気がする。だが六合の様子にさほど変わった部分は見られないし、もし変わった部分があるとしてもそれを聞くのはなんとなくはばかられた。

ついと空を見上げて昌浩は目を細める。

「六合が隠形《おんぎょう》してるのはいつものことだからいいんだけど。……やっぱりちょっと不便だなぁ」

刻一刻と過ぎた時間は確実に太陽を西に沈《しず》ませて、空は少しずつ燃え上がっている。

昌浩の顔に射《さ》す光も赤みを帯びて、昼と夜の狭間《はざま》の世界が橙色《だいだいいろ》に染まる時間が訪《おとず》れる。

空を見はるかしている昌浩の横顔に、玄武は表情の読めない瞳《ひとみ》を向けた。

平気な顔をしている。あえてそういうそぶりをしているのだろうか。

おそらくそうなのだろう。精神力も何もかもを限界まで酷使《こくし》して、しばらく起き上がることもできず、食物をほとんど受けつけなかった。このまま衰弱《すいじゃく》して死んでしまうのではないかと、ひとりを除いて皆《みな》が心配したほどだ。

案じる一同に、そのひとりは一瞥《いちべつ》を投げかけ、言った。

——ここで死ぬなら、それだけの器《うつわ》でしかなかったということだろうさ
冷めた目で、抑揚《よくよう》に欠けた口調で、子どものような高い声ははっきりとそう言い放った。その言葉に表裏はなく、淡々《たんたん》と事実を告げているのだった。

そしてその言葉は、昌浩が病臥《びょうが》していたその傍《かたわ》らで放たれた。

数刻後に目を覚ました昌浩は、それまで飲み込むことのできなかった粥《かゆ》をようやく口にした。吐き出しそうになるのを懸命《けんめい》に堪《こら》えて、水で無理やり流し込む。そうやって、なんとか命をつないだのだ。

思い起こし、玄武の胸中に苦い感情が広がった。

果たして彼は、あのとき本当に眠《ねむ》っていたのだろうか。——眠っていたはずだ。でなければ、平静でいられるはずがない。

「…………」

瞬《まばた》きをひとつする。埒《らち》もないことを、思い出してしまった。

「昌浩」

「ん…？」

空を見ている昌浩に、玄武は僅かに躊躇《ちゅうちょ》しながら問うた。

「勾陣と六合はわかった。……騰蛇は、どうしている？」

傍らの太陰が、びくりと肩《かた》を震《ふる》わせたのを感じた。

昌浩の表情は変わらない。徐々《じょじょ》に赤くなっていく空を見たまま、何気ない口調で答える。

「さぁ…。近くには多分、いると思うんだけど。勾陣たちがそう言ってたし。でも、そういえばさっきから、姿を見てないな…」

まるで他人事《ひとごと》のような口ぶりだ。

「……そうか」

「でも、近くにはいるんだと思うよ。朝方ちらっと白い尻尾《しっぽ》が見えたし」

ふいに昌浩は笑う。

「不思議だよね。玄武たちのことは見えないし、近くにいるはずの妖《あやかし》も見えないのに。なんで、あの白い姿だけは見えるんだろうね……」

気づいたのは、六合だったと記憶《きおく》している。

眠っているのか起きているのか。そんなあやふやな状態を脱《だつ》した頃《ころ》だ。

横になったままぼんやりと梁《はり》を見ていた昌浩が、ふと眉《まゆ》をひそめて視線を泳がせた。

「……六合、近くにいる、よね」

そのとき六合は、昌浩のすぐ傍らにいた。たまたま隠形もしていなかった。気配も殺してはいなかったし、何よりそれをする必要がなかった。

「ここにいるだろう。……昌浩？」

そのとき昌浩のそばにいたのは、六合と勾陣だった。玄武は食料の確保に、太陰は朝から周辺を見回って、ついでに近隣《きんりん》の郷に足をのばしていた。勾陣も隠形していたわけではなく、少し離《はな》れた古い縁《えん》に腰《こし》を下ろしていた。だから、勾陣の姿が見えなかったのはわかる。しかし六合は、昌浩が手をのばせば届くところに座していたのだ。

なのに、昌浩の目が六合を素通りする。

嫌《いや》な予感がして、昌浩は起き上がろうと腕《うで》に力を込《こ》めた。だが、衰弱した肘《ひじ》はすぐにかくりと折れる。焦《じ》れた様子を見かねて六合が手をのばすと、突然触《とつぜんふ》れてきた手の感触《かんしょく》に昌浩が一瞬《いっしゅん》目を見開いた。

「…ここにいる、よね。……うん、だって、手がある」

「昌浩？」

ふたりの様子に勾陣が近づいてくる。確かめるように六合の腕を触《さわ》っていた昌浩は、かすれた声で呟《つぶや》いた。

「……見えない……」

凍《こお》りついた双眸《そうぼう》が空《くう》を見つめる。

自分の手や、かけられている衣《ころも》や――、ごく当たり前の自分を取り囲むものたちは見えるのだ。

だが、『視《み》』えない。

幼い頃そうだったように、見鬼《けんき》の力が失われている。

十二神将たちは愕然《がくぜん》とした。昌浩が生来持っていた見鬼の才は、安倍晴明のそれに匹敵《ひってき》するものだった。いま安倍邸《てい》に身を寄せている藤原彰子《ふじわらのあきこ》には及《およ》ばないまでも、都の陰陽寮《おんみょうりょう》にも昌浩に優《まさ》る見鬼はそういない。

それが、視えないという。気配は感じる。声も聞こえる。ただ、視えないのだと。

昌浩は、大陰陽師安倍晴明の末孫で、その後継《こうけい》と目されている。有能な陰陽師であればあるほど見鬼の才は必要不可欠で、視えないのは致命的《ちめいてき》だった。

色を失う神将たちに対し、当事者である昌浩は淡々としていた。衝撃《しょうげき》を受けたのは最初だけで、徒人の目にも映るほど神気を強めて顕現《けんげん》した勾陣や六合が、さすがに青くなるのを見て、まいったなぁと頭をかいてこぼしただけだ。

目が見えなくなったわけではないし、自分はちゃんと生きている。

本当は命を失うはずだったのに、生きている。だから、これくらいの代償《だいしょう》は、必要だったのだろうと思う。

視えない聴《き》こえない感じられないの三拍子《さんびょうし》だった昔に比べれば、どうということはない。

試《ため》しに印を結んで真言を唱えてみたら、風が動いたのがわかった。霊力《れいりょく》も失われてはいないようだ。体力に比例してそれは弱まっていたが、快復すればある程度は戻《もど》るだろう。

対策を考えるのは、それからでもいいと考えた。

都へ帰れば祖父がいる。多分びっくりするだろうが、自分だって驚《おどろ》いたのだし不便なのだから、あまり叱《しか》らないでくれると助かるなぁと思う。

思案顔の昌浩の手を、太陰が引っ張った。

回想のふちから帰ってきた昌浩が視線を向けると、子どもの風体《ふうてい》をしたふたりの神将が、心配した様子で自分を見上げている。くるくると表情の変わる太陰はともかく、玄武にまでこんな顔をさせてしまった。

内心でしまったと呟いて、昌浩は口を開いた。

「そろそろお腹《なか》すいたね。て言っても、食べるのは俺だけだけど」

基本的に十二神将は人間とは一線を画するので、食事を摂《と》ることはないのだ。

庵《いおり》に向かって歩き出しながら、玄武が抱《かか》えた山菜に視線を落とした。

「人型《じんけい》を取れば食物摂取《せっしゅ》は可能だが、そこまでするのもどうかと思われる」

ここで言うところの「人型」とは、文字通り「人間の姿」を取ることだ。ほぼ現在の姿のまま人間と同じような暗い色の髪《かみ》と瞳となり、特徴《とくちょう》的な耳の形などが変化する。

玄武の言葉に、昌浩は眉を曇《くも》らせた。

「あー、冷たいなぁ。ひとり寂《さび》しくご飯食べるのはむなしいんだってば」

「むなしくても食べなきゃ元気になれないわよ」

相変わらず無造作に猪《いのしし》を引きずる太陰が、昌浩を人差し指で差す。

「元気になって、成親が到着《とうちゃく》したらすぐに山代郷に出発しないと、螢《ほたる》の季節までに帰れないじゃない」

そうだねと頷《うなず》いて、昌浩はふと庵の屋根を見上げた。何がどうということはない。ただなんとなくだ。

庵の屋根に、白い物《もの》の怪《け》がいた。

まるで大きな猫《ねこ》か、小さな犬ほどの体軀《たいく》。身のこなしはしなやかで柔軟《じゅうなん》性に富んでいる。全身を真っ白な毛並みに覆《おお》われ、四肢《しし》の先には鋭《するど》い爪《つめ》が五本。首周りに勾玉《まがたま》のような赤い突起《とっき》が具《そな》わり、長い耳は後ろに流れる。

昌浩を見下ろしている大きな丸い目は紅《あか》く、額に紅い花のような模様。

十二神将騰蛇が、変化した姿だ。

物の怪は昌浩が視線を向けると、すいと顔を背《そむ》けて身を翻《ひるがえ》し、見えなくなってしまった。

3

◆

◆

◆

子どもたちを置いたまま、妻が戻らない。

昼間に遊びに出たきり、娘《むすめ》の姿が見当たらない。

その訴《うった》えを聞いて、近隣の郷人《さとびと》たちが郷の周囲に捜索《そうさく》に出たのは日が暮れて空が暗くなってからだった。

松明《たいまつ》を手にした郷の男たちが、数人ごとに連れ立って海や山に向かう。

少女は数えで六つだ。誤って海に落ちてしまったのかもしれない。

郷の女たちや長老たちが、焦燥《しょうそう》でやつれた母親をなだめ、不安でわけもわからずに泣いている幼い兄弟をあやす中、男たちはほどなくふたりの姿を発見した。

近づいてはならないといわれている祠《ほこら》のそばに、ふたりは倒《たお》れていた。できることなら祠に近づくのは避《さ》けたいところだったが、そういうわけにはいかない。

接近した男たちは、そこにあったはずの祠が崩《くず》れ落ちているのを見て息を呑《の》んだ。

「ど、どうしてこんな…？」

倒れているふたりは動かない。もしやと青くなって抱《だ》き起こすと、呼吸はしていた。ふたりとも、気を失っているだけのようだ。

ほっと息をついて、ひとりが少女を抱え、ひとりが女を背負う。踵《きびす》を返したふたりは、最後のひとりが祠の残骸《ざんがい》の前に立ちすくんだまま動かないのに気がついた。

「おい、どうした？」

男は怯《おび》えた様子で辺りを見回している。

「……ここに、祀《まつ》られていたはずのものは、どうしたんだろう」

彼は幼い時分に言いつけを破って祠に近づき、原因不明の病に襲《おそ》われたことがあった。

祠は見る影《かげ》もなく壊《こわ》れて、瓦礫《がれき》が残っているばかりだ。見渡《みわた》せば、木格子《ごうし》の扉《とびら》が割れて吹《ふ》っ飛んでいる。――まるで、内側から壊されたように。

それに、あれほど怖《こわ》いと思っていた場所なのに、あまり恐怖《きょうふ》を感じない。祠がなくなってしまったからだろうか。

ひとりが苛立《いらだ》ちをあらわにした。

「急げよ、早く運ばないと、手遅《ておく》れになるかもしれないだろう！」

「あ、ああ…」

男は仕方なく身を翻し、先にいってしまった仲間たちを追った。

壊れた祠の残骸の下には、真っ二つに割れた白い石が埋《う》もれている。

誰《だれ》もいなくなったはずのその場所に、人影が生じた。音もなくそれが現れた途端《とたん》、風がふっつりとやむ。

奇妙《きみよう》な静寂《せいじやく》が辺りを包み込んだ。

「……やれやれ。大分骨が折れた」

闇《やみ》に隠《かく》れた人影が、ひっそりと呟く。

「ちょうどいい駒《こま》がいてよかった。あとは、放たれた妖《あやかし》が暴れるのを待てばいい」

闇の中に、嗤《わら》う気配が漂《ただよ》う。

「そうすれば、姿を消している奴《やつ》も、出てこざるを得ないはず……」

闇が打ち震《ふる》える。ひそやかに嗤笑《ししよう》が響《ひび》いて、ふつりと消えた。

◆　◆　◆

夜は、好きではない。

眠《ねむ》れば夢を見る。目覚めたときにその夢を忘れていられればいいが、覚えていることのほうが多いからだ。夢を見たくないから、十二神将たちには気づかれないよう朝まで眠ったふりをして、日中うとうとすることもある。が、それだけでは睡眠《すいみん》が不充分で体がついていかないから、やはり夜に眠らなければならない。そして眠ればまた夢を見る。その繰《く》り返しだ。

火を落とした囲炉裏《いろり》から、少しだけぬくもりが漂い出てくる。火種の炭が灰の下に潜《もぐ》っているからだ。

昌浩は筵《むしろ》に横になって袿《うちぎ》をかけている。この袿は自分のものだ。太陰が持ってきたという。まだまだ夜は冷えるから、袿を肩《かた》までかけて、昌浩は寝返《ねがえ》りを打った。

闇に慣れた目でも、ここまで暗いと輪郭《りんかく》もわからない。小さな庵だから、縁《えん》につづく板戸のほかには窓らしきものはひとつだけだ。

神将たちは、夜は常に隠形《おんぎょう》している。気配も感じないから、もしかしたら異界に戻《もど》っているのかもしれないと思うときもある。

目を閉じると、極彩色《ごくさいしき》の光景が脳裏《のうり》を駆《か》け巡《めぐ》る。炎《ほのお》の赤と、白と。闇のほとりで出会った人の面影《おもかげ》と。

ふいに、風が動いた。

反射的に視線を投じると、離《はな》れた場所に白い物の怪がいた。いままで気配を感じなかったから、音もなく動かした板戸の隙間《すきま》から滑《すべ》り込んできたのだろう。

視線に気づいて、物の怪は険しい表情を返してきた。

「何か用か」

冷たい、硬《かた》い声音《こわね》だ。

——ん？　どうかしたか？

耳の奥で、違《ちが》う声音の同じ声が甦《よみがえ》る。昌浩は瞼《まぶた》を震わせた。

何も言わない昌浩の意味ありげな視線に焦《じ》れたのか、物の怪は冷え冷えと吐《は》き捨てた。

「気障《きざわ》りだ」

どくんと、心臓が跳《は》ねる。昌浩は慌《あわ》てて詫《わ》びた。

「ごめん、そんなつもりじゃ…」

物の怪は身を翻すと、また外に出て行った。

物の怪の本性《ほんしょう》は十二神将騰蛇だ。だから、冷え込む夜の外気にも大した影響《えいきょう》は受けないのだろう。

どんなに寒い冬の晩でも、大して応《こた》える様子もなくぽてぽてと歩いていた姿が脳裏をよぎった。

時には後ろ足で立ち上がって昌浩を見上げて、あの紅い目が瞬《またた》いた。

——うーん、あまり寒いと風邪《かぜ》を引くからなぁ。もっと厚着したほうがよさそうだがなぁ昌浩は目を閉じて、頭まで袿をかぶった。袿の下で膝《ひざ》を抱《かか》えるようにして体を丸くする。唇《くちびる》を引き結んでじっと身を硬くして、昌浩はこみ上げてくるものを抑《おさ》え込んだ。

これが自分の選んだ結果だ。

あの白い物の怪が近くにいて、ほとんど言葉を交《か》わせなくても、生きている。

晴明の命令だから、物の怪はここにいる。それでもいいのだと毎晩自分に言い聞かせ、夜だけ近くにやってくる物の怪の姿を見て、それで自分は安堵《あんど》する。

夜だけなのは、ほかの神将たちが自分のそばから離れるからだ。厳密には神将たちは近くにいるのだろう。護衛なのだから、完全に離れることはない。姿を隠す、それだけだ。

だが物の怪は、神将たちが昌浩のそばにいるときは決して近寄ってこない。護衛は別にいるから、自分が傍《かたわ》らにいる必要はない、そう考えているのかもしれない。

最近、気づいた。十二神将の太陰は、物の怪が近くにいるとぎこちなくなる。怯えてすくんでいるのだ。物の怪が離れるか姿を消すと、ほっとしたように肩の力を抜《ぬ》く。

「――――眠れないのか」

唐突《とうとつ》に響いたのは、落ちついた低めの声だ。

昌浩ははっとして、そろそろと袿から顔を出した。

先ほど物の怪が出て行った板戸は、少し開いたままだ。その隙間から月影が射《さ》して、板戸のそばにのばした足を交差させて腰《こし》を下ろしている勾陣の顔が、半分だけ見えた。それまでもずっとそこにいたのか。

肩の辺りで切りそろえられた黒髪《くろかみ》が、隙間から吹き込む風に遊ばれて揺《ゆ》れる。きらめく涼《すず》やかな瞳《ひとみ》が昌浩をまっすぐ見据《みす》えて、夜の水面《みなも》によく似た静けさをたたえていた。

昌浩はのろのろと身を起こした。

「うん…。夢、見るから」

わざわざ姿を見せて声をかけてきた。六合だったら沈黙《ちんもく》したままだろうし、玄武や太陰だったら言葉を探しあぐねて、やはり沈黙するだろう。

いままであまり顔を見たことのない神将だったが、この半月で大分馴染《なじ》んで、その性格もわかってきた。

勾陣は、渦中《かちゆう》ではなく一歩引いたところで大局を見定めようとする。戦闘《せんとう》時には苛烈《かれつ》な通力を操《あやつ》る闘将だが、それ以外では沈着で頼《たよ》りになる。常に一歩引いて滅多《めった》に自分の意思を表さない六合と違い、意見があるときにははっきりとそれを示す。だが、言葉を選ぶのが巧《うま》いので、すんなりとそれを聞くことができる。そういうひとだ。

神将だから、ひと、という表現はおかしいのかもしれないが。

筵と袿だけであつらえた粗末《そまつ》な床《とこ》から抜け出して、昌浩は勾陣のそばに座り込む。

「冷えるといけない、かけていろ」

掛布《かけふ》代わりの袿を引き寄せて、昌浩の肩に着せかけてくれる。

同じようにして自分を気遣《きづか》う物の怪を思い出した。

胸が痛い。

床《ゆか》に落ちる月影《つきかげ》の線を挟《はさ》んで、勾陣と昌浩はしばらく黙《だま》っていた。

自分が何かを言うのを待っている。そんな感じがして、昌浩はためらいがちに口を開く。

「……太陰が、怯《おび》えてるように見える」

瞬《まばた》きをして、勾陣は僅《わず》かに目を細めた。

「そうか」

「感づかせないように努めてるけど、玄武もそういうところがあるみたいだ。……六合とか勾陣は、そんなことないみたいだね」

「六合は昔からああだからな。誰に対しても、態度はさして変わらない。あれが奴の性情だから。……ごく稀《まれ》に、例外もあるが」

「そうなんだ」

大した意味も考えず、昌浩は頷《うなず》いた。祖父に対しては多少違う態度をとったりするのかもしれない。なんといっても十二神将を従える大陰陽師《おんみょうじ》だ。

「私は…そうだな、別に怖《こわ》くはないからな」

「怖い?」

顔を上げる昌浩に、勾陣はそうだとつづけた。

「太陰が怯えるのは、騰蛇が怖いからだ。昔から、太陰はひとりでは騰蛇のそばに近づくことすらしなかった」

「どうして？」

騰蛇が怖いと思ったことなど、昌浩には一度もない。確かに、いまの騰蛇は切り口上にも似た冷淡《れいたん》な口調で、感情の読み取れない目で、常に距離《きょり》を置いている。だが、それだけのはず。

彼の疑問を読み取ったのか、勾陣は首を傾《かたむ》けた。しなやかな腕《うで》を胸の前で組んで、薄《うす》く笑う。

「晴明やお前が変わり者なんだ。徒人《ただびと》はあの神気に恐《おそ》れをなす。苛烈で鋭利《えいり》で冷徹《れいてつ》で、向こうから歩み寄ることは決してしないし、ろくに話をしようともしない。常に背を向けられて、拒《きょ》絶《ぜつ》されている感じだといえば理解しやすいか」

「…………」

瞬くことも忘れて、昌浩は勾陣を見つめた。

知らない。そんな騰蛇は、自分は知らない。

彼女の形良い唇が動く。

「それが、我々のよく知る騰蛇だ。……だから、いまのあれを見ていても実につまらないな。私は情のない男は好きではない」

平静に響《ひび》くその台詞《せりふ》に若干《じゃっかん》混じった不満げな声音は、残念ながら昌浩には感じ取れなかった。

同胞《どうほう》である十二神将にすら忌《い》み嫌《きら》われる最凶《さいきょう》の火将。その身にまとうのは煉獄《れんごく》の炎。司《つかさど》るのはすべてを焼き尽《つ》くす地獄の業火《ごうか》。

そんな騰蛇に手を差しのべた人間は、まったく違《ちが》う名前を与《あた》えた若き日の安倍晴明ただひとりだ。その名を騰蛇は、「唯一《ゆいいつ》の至宝」だと言った。

「……騰蛇は…じい様のところに帰りたいのかな」

かすれ気味の声音は、昌浩の心情をそのまま表している。

勾陣は昌浩を横目で一瞥《いちべつ》した。うつむき、膝の上で両の手のひらを握《にぎ》り締《し》めている。一条の月影だけが光源で、室内は闇《やみ》の領域に満ちている。だが、彼の握り締めた拳《こぶし》が白いのは、月影が届かないからだけではないだろう。

静寂《せいじゃく》の中、低い声が淡々《たんたん》とつづった。

「………たぶん、な」

昌浩の心臓が、どくんと跳《は》ね上がった。

わかっていたことだ。

再びもぐりこんだ寝具《しんぐ》の中で、昌浩は目を閉じたまままんじりともできずにいた。

騰蛇がここにいるのは、それが彼の義務だからだ。

都から遠く離《はな》れた出雲の地にいるのも、他の神将たちとともに行動しているのも、見鬼《けんき》の力もない子どものそばにいるのも、すべては安倍晴明がくだした命令だと、彼が思っているからだ。それほどまでに、晴明という存在は騰蛇の中で大きく重い。

勾陣の語った騰蛇が真実ならば、いままで自分が見てきた「紅蓮《ぐれん》」はいったいなんだったのだろう。

紅蓮は本当にいたのだろうか。自分の知っている紅蓮は、やはりもうどこにもいないのか。

自分の知らない騰蛇。冷たい目をした、白い物の怪。

袿《うちぎ》に顔をうずめるようにして、体勢を変える。幼な子のように体を丸くして、固《かた》く目をつぶった。

「………………」

なら、あの姿をもうしなければいいのに。

騰蛇の本性《ほんしょう》に立ち戻《もど》って、六合たちのように隠形《おんぎょう》していればいいのに。

そうすれば、自分の心にほんの少しだけある希望にすがらなくてすむ。

そんなことは絶対にないのだとわかっているのに、捨てられない希望。

——どうした、昌浩や

座っている自分の顔を、覗《のぞ》くようにして首を傾ける姿。瞬《またた》く夕焼けの瞳がおだやかに笑う。

ひょんひょんと揺れる白い尾《お》で背中をぺしぺしと叩《たた》いてきて、目許《めもと》がさらに和《なご》んで、あの声が言うのだ。

——心配事かー？　どれどれ、この俺様が聞いてやろう……

桂を握る指先にぐっと力を込《こ》めた。

「……忘れろ…」

そんなことは、もうありえない。だってあれは、いま近くにいる騰蛇は、昌浩の知らない騰蛇だ。

昌浩のことを知らない騰蛇。昌浩という子どもの存在を掻《か》き消した騰蛇。

それこそが、昌浩自身が望んだことではないか。

かえってきたときに、悲しまずにすむように。苦しまずにすむように。その原因を、すべて忘れてしまえばいい。

そう願って、あのとき昌浩は、忘却《ぼうきゃく》の呪文《じゅもん》を唱えた——。

閉じた瞼《まぶた》が熱い。それに気づかぬふりをして、昌浩は小さく呟《つぶや》いた。

「……悪《あ》しき夢…幾《いく》たび見ても身に負わじ…」

流るる水の澱《よど》まぬごとく。

まるで、手のひらからこぼれる水。さながら、すくった指の間から落ちる砂。

忘れていいよと願った。俺が覚えてるから、忘れていいよと。

それはきっと、本当はとても身勝手な願いで、紅蓮の心の一部をえぐるのに等しい行為《こうい》だった。だから、いまこんなに苦しくてやりきれないのはきっと、自我を押し通した自分への罰《ばつ》だ。

命と引き換《か》えに、あの優《やさ》しい神将を取り戻したかった。なのに自分は戻ってきてしまった。

視《み》えなくなったことだけでは、その贖《あがな》いにはきっと足りない。

こうやって、一生自分は苦しんで苦しんで。

けれど、幾つもの夜の中、夢の果てで、必ず同じ選択《せんたく》をするだろう。

それでも、どうしても、失うことは嫌《いや》だったのだから。


ほとんど一睡《いっすい》もできずに訪《おとず》れた朝は、昌浩の心を映したように厚い雲に覆《おお》われていた。

板戸を開けた太陰がむっと眉《まゆ》を寄せている。

「陽《ひ》が射《さ》さないと、気温が上がらないのよね。変な湿気《しっけ》もこもるし。やになっちゃう」

振《ふ》り返った太陰は、起き上がった昌浩の顔を見てさらに険しい顔をした。

「ちょっと、ちゃんと寝《ね》たの？　青い顔してるし、精気も覇気《はき》もどっかに落っことしてきたみたいじゃない。猪《いのしし》じゃ元気になれないなら、鹿《しか》でも熊《くま》でも獲《と》ってくるわよ？」

「熊肉はどうかと思うぞ、せめて兎《うさぎ》にしておけ。雉《きじ》や鶉《うずら》でも構わんが」

　すると太陰は苦虫を嚙《か》んだような顔になった。不思議に思った玄武が視線を向けると、彼女は歯切れの悪い口調で言う。

「兎とか雉とか鶉なんて、標的としては小さいんだもの。空振りする率が高いのよ」

　それで近隣《きんりん》の木々を薙《な》ぎ倒《たお》すわけだ。

　しかし賢明《けんめい》な玄武はそのあたりをあえて追及することはなく、ならば鹿にしろとだけ告げた。

　太陰の技《わざ》は総じて力技なので、細かいことには向かないのだ。その点、体軀《たいく》のがっしりとした大柄《おおがら》な白虎《びゃっこ》は太陰の苦手をすべて得意としている。うまく補い合っているのだ。

　太陰と並ぶと親子のような白虎の姿を思い返し、玄武はなにやらしきりに頷く。

　そんなふうに他人事《ひとごと》のように考えている玄武だが、彼とて白虎と並ぶとまるで親子なのだ。第三者の立場でないとその実感はわかないらしい。

　そして、そんなふたりの台詞を昌浩が引き攣《つ》った顔で聞いている。

　猪もすごかったが、鹿や熊まで持ってこられたら、どうしようか。

　無言になっている昌浩の様子には気づかず、太陰は腕組《うでぐ》みをした。

「晴明のときは真冬で苦労したのよね。すぐ動かすわけにもいかないし。獲物《えもの》はろくにいないし、雪で野草なんかも隠《かく》れちゃって。仕方ないから雪上を駆《か》ける兎を追い回したり、適当な鳥を叩き落としたり」

「へ、へぇ…」

とりあえず相槌《あいづち》を打つ昌浩である。

「これが秋だったら木の実だって採り放題で楽だったんだけど。あ、せっかくだから川魚獲ってこようかしら。筑陽川にいくらでもいそうだし」

いい思いつきだと言わんばかりに手を叩き、太陰は玄武に同意を求める。

「ねえ玄武、それだったらいいと思わない？　いっそ海まで足をのばしたっていいわ、風でひとっ飛びだもの」

「うむ、それはいい考えだ。たまには変わったものがいいだろう」

重々しく頷《うなず》く玄武の腕を摑《つか》み、太陰は昌浩を振り返った。

「ちょっと行ってくるわ。だから昌浩、おとなしくして待ってるのよ。昨日みたいに外に出てたりしないのよ、そんな顔してるんだから」

びしっと指を差されて、昌浩は苦笑《くしょう》気味に笑った。

「うん、わかった」

それを見届けて、太陰は玄武を半ば引きずり、縁《えん》から外に飛び降りる。数歩駆ける間にぶわりと風が巻き起こり、ふたりの姿を包むと一瞬《いっしゅん》で竜巻《たつまき》に転じた。

突風《とっぷう》が庵《いおり》に吹《ふ》き込んでくる。思わず昌浩が目を閉じて指の間から様子を窺《うかが》うと、すでにふたりの姿は消えていた。

昌浩はほうと息をついた。

賑《にぎ》やかで、騒《さわ》がしくて、いなくなると途端《とたん》に静かで寂《さび》しくなる。

太陰や玄武は、あれで昌浩を気遣《きづか》い励《はげ》まそうとしているのだ。こんな状況《じょうきょう》でなかったら、いくらなんでも鹿だの熊だのを狩《か》るなどということは言わないだろうし、しないだろう。多分。

板戸を完全に開いて縁に腰《こし》かけ、少し段差があって低い地面に足を投げ出す。

曇《くも》り空なのでなんとなく薄暗《うすぐら》い。重く垂れ込めた雲はいまにも泣き出しそうに見えた。

ぼんやりと空を見上げていると、背後で衣擦《きぬず》れがした。肩越《かたご》しに見やると、顕現《けんげん》した六合の長布が視界に入る。

ふと、長布の下、胸元《むなもと》の辺りに紅《あか》いものが見えた気がした。なんだろう。

「……六合」

よいしょと腰をひねって顔を向ける。応じるように黄褐色《おうかっしょく》の瞳《ひとみ》が動いた。反対側の壁際《かべぎわ》に勾《こう》陣《ちん》がいて、彼女は黙《だま》ってことの成り行きを見ている。

「その……胸の紅いの、なに？」

「――預かりものだ」

いつものように抑揚《よくよう》のない口調だ。表情も変わらない。ただ、一瞬だけ違和感《いわかん》が生じた。

あずかりもの、と口の中で繰《く》り返して、昌浩は体勢を戻した。

「そか」

そうして、思い当たる。考えてみたら自分は、事の顚末《てんまつ》をまともに聞いていなかった。祖父と別れて、黄泉《よみ》の屍鬼《しき》と対峙《たいじ》して、そのあと。

祖父や神将たちは、智鋪《ちしき》の宗主《そうしゅ》とどうやって決着をつけたのだろう。

化け物に追われて深い傷を負った風音《かざね》。六合だけを残して、自分たちは宗主の許に向かった。急がなければならなかったから。

あとで、ちゃんと聞かせてもらおう。知らないままでいてはいけない。それに。

「――――」

ふいに、昌浩は目を見開いた。重い衝撃《しょうげき》が胸を貫《つらぬ》く。

じい様に、謝らなきゃ。

ひどいことを頼《たの》んだ。そんなことを言われて、祖父がどんな想《おも》いをするか、考えないで。いや、違《ちが》う。知っていた。わかっていたのに、目を逸《そ》らした。自分の願いをかなえたかったから。

視界のすみに白い影《かげ》がかすめる。目だけを動かすと、物の怪が昌浩を凝視《ぎょうし》していた。紅い瞳が無感動にこちらに向けられて、やがてついと逸らされた。

無言で責められているようだ。胃がきりきりと締《し》めつけられる。

「昌浩？」

一瞬震《ふる》えた肩に気づいて、勾陣が不審《ふしん》げに問うてくる。昌浩は必死で平静を装《よそお》った。

「…なんでも…ない…」

気配が近づいてくる。昌浩のすぐ傍《かたわ》らで足を止めた勾陣は、身を翻《ひるがえ》した物の怪の姿を認めてそっと息を吐《は》いた。

「……まるで月だな。見えても決して近寄れない」

ほとほと呆《あき》れているような口ぶりだ。昌浩は自分より長身の勾陣を見上げる。

「ああいう態度を取られると、やはり腹が立つな……」

眉間《みけん》にしわを寄せて、彼女は昌浩の隣《となり》に膝《ひざ》をつく。昌浩の顔を覗《のぞ》き込むようにしてから額に手をのばし、難しい顔をした。

「熱はないようだが、顔色が悪いな。横になるか？」

「や…、大丈夫《だいじょうぶ》。ほんとに」

無理に作った笑《え》みを、勾陣は深い眼差《まなざ》しでじっと見返す。虚勢《きょせい》を看破されそうで、昌浩は慌《あわ》てて話題を変えた。

「あの、道反《ちがえし》の封印《ふういん》は…聖域は、あのあとどうなったんだろうか」

彼女は不服そうに目を細めたが、昌浩に付き合うことにしてくれたようだ。本格的に腰を落ちつけて、昌浩と同じように外を見る。ふたりの背後には六合が鎮座《ちんざ》しているのだが、気配を完全に殺しているので、ともすればそれを忘れてしまう。

勾陣は昌浩から視線をはずし、庵の周囲に生えている椿《つばき》に向けた。山椿の花の盛《さか》り。赤い小さな花弁が深緑の葉の中で咲《さ》き誇《ほこ》っている。

「ある程度は昔の姿に戻《もど》ったよ。……犠牲《ぎせい》もあったがね」

「犠牲…」

反復する昌浩の声音《こわね》は低い。

「私もお前と同行していたから、詳《くわ》しい話は晴明から聞かされた。すぐに聞きたいなら、玄武が戻るのを待って、水鏡で姿と声を届けてもらうことも可能だが？」

昌浩の眉が跳《は》ね上がった。じい様と、直接対話。考えてもいなかった。

「まだしばらくこちらに滞在《たいざい》しなければならないわけだから、それでも構わないだろう。どうする？」

ごくりと喉《のど》を鳴らして、昌浩は視線を落ちつきなく彷徨《さまよ》わせた。胸の奥が感情に合わせて全力疾走《しっそう》をはじめる。

思わず拳《こぶし》を握《にぎ》り締めたとき、昌浩の背筋を氷塊《ひょうかい》が滑《すべ》り落ちた。

4

◆

◆

◆

目を開けているのに、少女の目はどこも見てはいなかった。

「どうしたの？　ねぇ、返事をしてちょうだい！」

一向に反応を見せない娘《むすめ》の姿に不安を覚えて、彼女の母は小さな肩を揺《ゆ》さぶった。

だが、まるで人形のように首をがくがくと動かすだけで、焦点《しょうてん》の合わない視線は虚空《こくう》を彷徨う。

ひとりにさせるんじゃなかったと半狂乱《はんきょうらん》で泣き叫《さけ》ぶ妻の姿に、男は震える拳を握り締める。

あの祠《ほこら》に近づくなと、あれほど言い聞かせていたのに。

ずっとずっと昔、彼の祖父のさらに祖父が子どもだった頃、西方からの風に乗って現れた化け物がこの界隈《かいわい》で暴れまわった。犠牲者の数はおびただしく、このままでは郷《さと》は全滅《ぜんめつ》してしまう。

何の力もない郷人には為《な》す術《すべ》もなく、餌食《えじき》になるのをただ待っていた、そんなとき。

ある夜を境に、化け物はぱたりと消え失せた。

代わりに、郷から離《はな》れたあの場所に、あの小さな祠が祀《まつ》られていたのだと。

それ以来、あの祠には近づくな、恐《おそ》ろしいものが祀られていると伝えられ、事実近づいたものにはなんらかの禍《わざわい》が必ず降りかかった。

一方、祠の前で発見されたもうひとりの女は、一昼夜のちに目を覚ました。

筵《むしろ》と古びた衣《ころも》でしつらえられた寝具《しんぐ》に横になったまま、彼女はぼんやりと家屋の中を見回した。

傍らにいた子どもがふたり、安堵《あんど》と欣喜《きんき》がない交ぜになった顔で母親の目許を覗き込む。

「かあちゃん、よかった…」

下の子どもが涙《なみだ》ぐむのを、女は不思議そうに見返した。

「………母ちゃん…？」

呟《つぶや》きを聞きとめて、上の子どもが目をしばたたかせる。

何かが、変だ。

「母ちゃん？」

女は身を起こし、眉根《まゆね》を寄せた。

「なんのこと？」

と、そこに、子どもたちの父親──女の夫が長老の許から戻ってきた。起き上がった妻の姿を見て、男もまたほっとしたように目尻《めじり》を下げた。

「ああ、良かった。お前が目覚めなかったらどうしようと…」

筵の傍らに膝をついて荒《あ》れた手をのばす。女はその手を払《はら》いのけた。

「なんなの？　ここはどこ？」

刺々《とげとげ》しい口調と警戒《けいかい》心をはらんだ目つきで、女は男と子どもたちを睨《にら》みながら、逃《のが》れるように後退《あとずさ》る。

「お前、何を言ってるんだ。お前のうちじゃないか」

男の言葉に、女は激しく頭《かぶり》を振《ふ》った。

「嘘《うそ》、嘘よ。あたしのうちはここじゃないわ。なんのつもり？　あたしをこんなところに連れてきて、いったいなにをするつもりよ！」

引き攣《つ》った叫びをあげて女はよろよろと立ち上がる。

「親元に帰してよ！　きっと心配してるわ、母さんは心の臓が悪くて働けないのよ、あたしがいなかったら…」

ふらつきながらはだしのまま家から出て行こうとする母親に、幼い子どもが取りすがった。

「かあちゃん、どこいくの、いかないで…！」

女は子どもたちを力任せに振り払う。突《つ》き飛ばされてしりもちをついた上の子どもがぽかんと母を見上げ、膝をついた下の子どもが耐《た》え切れなくなって泣き出した。つられた上の子どもも涙をぼろぼろこぼしはじめる。

妻の態度がおかしいことに気づいた男は、そろそろと近づきながら懸命《けんめい》になった。

「何を言ってるんだ。お前の親父《おやじ》さんもお袋《ふくろ》さんも、もうずっと前に流行《はや》り病で亡《な》くなってるじゃないか」

女はのろのろと首を振る。これ以上ないほど見開かれた瞳《ひとみ》が恐怖《きょうふ》に似たものに染まった。

「嘘よ。あの元気な父さんが病ですって？　……もしかして、あんたあたしをかどわかしてきたの？　そうなのね⁉」

「ばかなことを！」

声を荒《あら》げて、男は妻の手を摑《つか》んだ。女の口から悲鳴がこぼれる。恐怖に引き攣った顔で言葉にならない叫びを上げながら、振り払おうともがく。

寄り添《そ》って泣きつづける子どもたちを睨んで、女は金切り声を上げた。

「知らない、こんな子ども知らない！　あたしをうちに帰して……！」

◆　◆　◆

それは直感と呼ぶものだ。

一年近く前、何も見えず何も感じず、それがごく当たり前だった頃《ころ》にも、『嫌《いや》な予感』や『虫の知らせ』というものは存在していた。力が戻ってからそれはさらに強まって、『視《み》』えないいま、以前にも増して鋭敏《えいびん》に研《と》ぎ澄《す》まされているのかもしれない。

はっと顔を上げ、昌浩ははだしのまま地面に飛び降りた。数丈《すうじょう》先で立ち止まり、色を失った顔で辺りを見回す。

数瞬遅《おく》れて、勾陣と六合の闘気《とうき》が迸《ほとばし》る。昌浩の左右に滑り込み、ふたりは周囲の気配を窺《うかが》った。

その様を、庵《いおり》の屋根にいた物の怪が見下ろしていた。

「………ふむ」

気乗りしない表情で瞬《まばた》き、紅《あか》い双眸《そうぼう》をついと流す。

生《お》い茂《しげ》る木々の狭間《はざま》。吹《ふ》きつけてくる風が運んでくる、妖気《ようき》。

さわりと、癇《かん》に障《さわ》る気配がまとわりついた。物の怪は険をはらんだ目をして不快感をあらわにすると、忌々《いまいま》しげに舌打ちする。

「………水気《すいき》」

風《ふく》に含まれる、重く冷たい水の気。禍々《まがまが》しくも重々しい、まとわりついて離れない凍《い》てつくような妖気。挑《いど》まれている気分になる。

ちらりと勾陣たちを一瞥《いちべつ》する。六合と勾陣の神気は甚大《じんだい》だ。特に勾陣は自分に次ぐ力を持つ。放《ほう》っておいてもこのふたりがどうにかするだろうが――、気に入らない。

接近してくる異形の気配に怯《おび》えるように、木々がざわめく。

「あっちは…西？」

「ああ。やや北方よりだ」

硬《かた》い声で昌浩が確認すると、肯定《こうてい》があった。六合の長布が不自然に翻《ひるがえ》り鳶色《とびいろ》の髪《かみ》が大きく揺らめく。肩《かた》で切りそろえられた勾陣の黒髪が風になびき、彼女の瞳が剣呑《けんのん》に輝《かがや》いた。

「……速い」

まるで、翔《か》けているように。

六合の左腕《ひだりうで》にはめられていた銀輪がきらめいた。瞬《また》きひとつで銀槍《ぎんそう》が出現し、昌浩は六合の背後にかばわれる形になる。

「――来た」

静かな呟きを搔《か》き消して、木々の狭間から漆黒《しっこく》の影《かげ》が躍《おど》り出た。

筑陽川の源流に近い場所で、太陰と玄武は流れの中を睨んでいた。

「……いた！」

太陰が指差し、玄武の神気が立ち昇《のぼ》る。

水底《みなぞこ》の岩陰《いわかげ》に隠《かく》れていた岩魚《いわな》が数匹《ひき》、水の固まりごと宙に跳《は》ね上がる。砕《くだ》けた水から放り出され、川辺に落下した岩魚は、最後の足掻《あが》きでびちびちと身をくねらせた。

「おお、大量大量。さすがだわ玄武」

惜《お》しみない拍手《はくしゅ》と賛辞を贈《おく》る太陰を軽く流して岩魚を捕《と》らえながら、玄武はため息をついた。

「岩魚は晴明の好物だったな」

都に戻《もど》ったら、晴明にも獲《と》っていってやろうか。彼自身がふらふら川に出かけていって川面《かわも》に釣《つ》り糸を垂れることもあるのだが、そういうときの晴明は考え事をしに行っているようなものなのであまり成果は得られない。

悠然《ゆうぜん》と泳いでいる川魚を恨《うら》めしげに見ている晴明の姿に、護衛の六合と単純に暇《ひま》だったから付き合った玄武がほだされることもままあった。

あれは多分、もともと釣《つり》が得手ではないのだ。

「昌浩も好きよ、晴明の孫だもの」

「そういう問題なのか？」

太陰はふんぞり返った。

「一緒《いっしょ》に生活してるんだから、嗜好《しこう》だって似るに決まってるわ！」

やけに自信たっぷりに断言したが、その根拠《こんきょ》はいったいどこにあるのだろうか。

大体、と玄武は胸中で独白した。生まれたときから晴明とともに暮らしていた晴明の長子吉《よし》平《ひら》は、晴明とは違《ちが》って岩魚がさして好きではなかった。太陰の理論からいうとそれはありえないはずだが。

などということを実際に口にしようものなら烈火《れっか》のごとく怒《おこ》ることは目に見えているので、胸中にとどめておく玄武である。

水にさらした草の蔓《つる》で捕らえた岩魚をまとめ、こんなものだろうかとふたりが川面を眺《なが》めたときだ。

下流から、異様な気配が水面を滑《すべ》って彼らの足元に絡《から》みついた。

太陰は風で空に浮《う》き、玄武は川べりの土砂《どしゃ》のところに立っている。玄武から二尺も離《はな》れていない水際《みずぎわ》に打ち寄せる水はおだやかで、対する太陰の足の下は流れが速い。

彼らは筑陽川の源流から少しくだった沢《さわ》で漁をしていた。厳密に漁と呼べるかはともかく、便宜上《べんぎじょう》はそうだ。

足をばたつかせて絡みついたものを振り払うようにしながら、太陰は玄武の傍《かたわ》らに降り立った。ごつごつとした岩場が近く、砂利《じゃり》も大きいし足場がよいとはいえない場所だ。

「……玄武」

「ああ」

獲った岩魚の束を下流めがけて高く投じる。と、それに食《く》らいつくようにして、黒い影が水中から躍り出た。

人面に似た顔がばくりと半分に裂《さ》け、赤い口腔《こうこう》が岩魚を一口で丸呑《まるの》みにする。尖《とが》った歯がずらりと並んだ口ががちっと閉じられ、蔓の切れ端《はし》が水面に落ちた。

全身を黒い剛毛《ごうもう》で覆《おお》われた獣《けもの》の体軀《たいく》。四足で水面を蹴《け》り上げて瞳のない丸い目がふたりの神将に据《す》えられた。

金属を削《けず》るように高い鳴き声が獣の喉《のど》から迸《ほとばし》る。肌《はだ》が粟立《あわだ》ち、太陰はたまらない様子でぶるりと身を震《ふる》わせた。

「この…っ」

気合もろとも右手を払《はら》う。生じた風の鉾《ほこ》が唸《うな》りをあげて獣に突進《とっしん》した。が、造作もなくかわされて、風の鉾は沢沿いに生えていた桂《かつら》を薙《な》ぎ倒《たお》す。

「太陰！」

非難がましい玄武の叫《さけ》びを黙殺《もくさつ》し、彼女は竜巻《たつまき》を起こした。

「よくも昌浩の食料を――――っ！」

怒りに任せて放たれた竜巻が、今度は見事に命中する。

形容できない絶叫《ぜっきょう》とともに、獣は大きく撥《は》ね飛ばされ飛沫《しぶき》を上げて流れに沈《しず》んだ。

「逃《に》がすもんですか！」

追おうとした太陰の襟足《えりあし》を、玄武が咄嗟《とっさ》に掴《つか》む。

「待て！」

「きゃあ！」

がくんとのけぞった太陰を掴まえたまま、玄武は険しい表情で庵の方角を振《ふ》り返る。

「気配が…」

「え？」

玄武は太陰を解放すると身を翻した。

一瞬《いっしゅん》遅れて、風に混じった妖気を感じ取り、太陰の双眸が剣呑にきらめいた。

「いまのと、同じ…！」

彼女がたったいま撥ね飛ばした獣の気配。妖気と呼べるそれと同じものが、庵のほうから漂《ただよ》っていた。

玄武と太陰がその場から立ち去ると、白く泡立《あわだ》つ水面に黒い顔面がぬっと突《つ》き出てくる。ふたりが消えた方角を顔を歪《ゆが》めて見ていた獣は、ぱしゃんと水音を立てて再び流れに沈む。

それきり獣は浮かんで来なかった。

物の怪は苛々《いらいら》と歯噛《はが》みした。

突如《とつじょ》として出現した黒い妖《あやかし》が牙《きば》を剝《む》いて襲撃《しゅうげき》してくる。

彼の同胞《どうほう》である十二神将の六合が銀槍でそれを受け流し、勾陣の足が妖の腹に食い込む。耳《みみ》障《ざわ》りな鳴き声を上げて蹴り飛ばされた妖が椿《つばき》の木につっこみ、即座《そくざ》に体勢を立て直して突進してくる。

夜色の長布が翻った。さばくようにして妖を払い除《の》け、その隙《すき》に勾陣が動けずにいる子どもの腕を摑んで引き寄せる。子どもの残像に妖の爪《つめ》がかかったが、鋭《するど》いそれは空を裂いただけだった。

「………ちっ」

舌打ちして、物の怪は青い顔をしている子どもを睨《にら》んだ。

まるで対処ができていない。安倍の、晴明の血を受け継《つ》ぎながら、なんの力も持っていないのか、この子どもは。

「昌浩、大丈夫《だいじょうぶ》か」

勾陣と六合にかばわれながら、昌浩は強張《こわば》った顔で頷《うなず》いた。

「う、ん。なんとか…」

気配が、目まぐるしく動いている。ひと時もじっとしていない。

音がする。四足が地を蹴り木々を縫《ぬ》い、草を踏《ふ》んで駆《か》け抜《ぬ》ける音。

肌が妖気《ようき》を感じて粟立っている。うなじの辺りに冷たく硬《かた》いものが凝《こご》ってわだかまり、すぐ間近に妖が迫《せま》っているのが確かに感じられるのに。

昌浩は唇《くちびる》を嚙んだ。

目が『視《み》』えないということが、どういうことなのかを痛切に感じた。感覚に全神経を集中させると、妖を捉《とら》えても反応が遅《おく》れる。何もいない空間に視覚が一瞬戸《と》惑《まど》って、聴覚《ちょうかく》と触覚《しょっかく》が麻《ま》痺《ひ》した神経を叩《たた》き起こす。だがその頃《ころ》には妖の気配は別の場所に動いている。その繰《く》り返しだ。

ずっと前に、見鬼《けんき》の力が祖父に封《ふう》じられていた頃は、こうではなかった。まったく何も視えず何も聴《き》こえず何も感じなかったから、ここまでの違和《いわ》感《かん》は生じなかった。

「昌浩！」

視界のすみで六合のふるう銀槍《ぎんそう》の切っ先がきらめいた。がくんと均衡《きんこう》が崩《くず》れ、背中に焼けつくような痛みが遅れて生じる。

一匹じゃない、複数いる…⁉

音が、幾《いく》つも重なっているのがわかる。六合と勾陣がふたりがかりで苦戦しているように映るのは、相手がこちらの予想以上に素早《すばや》いからか。

勾陣の両眼がきらめいた。

「六合、昌浩を」

冴《さ》え冴えと冷たい響《ひび》きが彼女の声音《こわね》を支配する。腰帯《こしおび》に差した筆架叉《ひっかさ》に手をかけて、彼女はふたりの前に出た。

「まどろっこしい。一閃《いっせん》で薙ぎ払う」

「払うのは構わないが、衝撃《しょうげき》で庵《いおり》を倒壊《とうかい》させるような真似《まね》はやめてくれよ」

諦観《ていかん》混じりの箴言《しんげん》に返答はない。

耳障りな鳴号が山中に轟《とどろ》く。六合が軽く目を瞠《みは》った。

「複数匹《ひき》ではなかったのか…」

「え？」

思わず聞き返す昌浩に、六合は答える。

「あの妖は一匹だ。あまりにも速すぎて、我々の目でも捉えきれていなかったらしい。驚《おどろ》いたな」

台詞《せりふ》とは裏腹に、六合は大して驚いた様子を見せてはいない。対する昌浩は言葉を失った。

では、耳に聞こえていた幾つもの足音もそうなのか。

昌浩は額に手を当てた。これはまずい。視えないというだけでも厄介《やっかい》なのに、この先こういう相手に出くわしたら。

忘れていたことを思い出す。見鬼の才がないから、陰陽師《おんみようじ》にはなれないと思っていた。感じられても、視えなければできることは極端《きよくたん》に限られてしまう。昌浩が目指していた陰陽師というのは、五感のどれが欠けてもいけないものなのだ。

拳《こぶし》をぐっと握《にぎ》り締《し》める昌浩の耳に、低く冷たい響きが突き刺《さ》さった。

「なんという為体《ていたらく》だ」

音もなく、彼らの前に白い物の怪が舞《ま》い降りて、瞬《また》く間に本性《ほんしよう》に立ち代わる。

瞠目《どうもく》したまま声も出ない昌浩を肩越《かなご》しに一瞥《いちべつ》し、騰蛇の金色の双眸《そうぼう》が冷たく光った。

「それでも、あの晴明の孫か」

「………っ！」

息が、吸えない。胸の奥で心臓が大きく跳《は》ね上がって、重く冷たい刃《やいば》に貫《つらぬ》かれたような錯覚《さつかく》に陥《おちい》る。

六合が昌浩を振り返る。普段《ふだん》あまり変化を見せない彼の表情に、狼狽《ろうばい》に似たものが広がっていく。

「騰蛇？」

訝《いぶか》る勾陣を片手で制し、騰蛇は妖を睨むと吐《は》き捨てた。

「失《う》せろ、目障りだ」

掲《かか》げられた彼の手のひらに真紅《しんく》の炎《ほのお》が点《とも》り、瞬時に燃え上がった。騰蛇が無造作に腕《うで》を払うと、ぶわりと広がった炎の渦《うず》が妖の行く手を阻《はば》み、檻《おり》のように閉じ込める。突き破ろうとした妖の全身に炎の蛇《へび》が絡《から》みつき締め上げて、肉の焼ける臭《にお》いとともに断末魔《だんまつま》が放たれた。

火勢が強まる。天を衝《つ》くほどに燃え立ち、炎はそのまま妖もろとも忽然《こつぜん》と消えた。

炎にあおられた風が昌浩の頰《ほお》を叩く。熱かったそれは、やがて冷えて体温を奪《うば》っていく。

昌浩は立ちすくんでいた。騰蛇の背中を見つめたまま、一歩も動けない。

随分《ずいぶん》と久方ぶりに見る。自分よりよほど高い長身に、無駄《むだ》の一切ないたくましい体軀《たいく》。風に遊ぶ濃色《のうしょく》の髪《かみ》はざんばらで、肩につかない長さで。

細かな紋様《もんよう》の刻まれた銀冠《ぎんかん》が、髪間に覗《のぞ》く――。

「昌浩っ！」

突風《とっぷう》とともに、太陰と玄武が舞い降りてきた。ふたりは騰蛇の姿に気づき、そのまま動けなくなる。

太陰の顔が見る間に強張った。すっと青ざめて、ともすれば足を引いてしまいそうになるのを、全力で押し留《とど》めているのが傍目《はため》にもわかる。

硬直《こうちょく》している太陰の様子に気づき、騰蛇は忌々《いまいま》しげに眉《まゆ》をひそめた。それが彼女の怯怖《きょうふ》に拍《はく》車《しゃ》をかけているのだが、本人にその自覚はない。

玄武がいささか緊張《きんちょう》した面持《おもも》ちで周囲に気を配った。

「……いま、対峙《たいじ》していたのは、人面の黒い獣《けもの》か？」

「ああ」

応じたのは勾陣で、騰蛇は玄武の問いかけを黙殺《もくさつ》している。

ぴりぴりと空気が張り詰《つ》めていく。騰蛇がひとりいるだけで、ここまで殺伐《さつばつ》とした空気になるのか。

それまでずっと凍《こお》りついていた昌浩が、無意識に唇を動かした。

「………紅蓮…」

刹那《せつな》。

騰蛇の両眼が激しくきらめいた。彼を取り巻く風が刃の鋭さを持ち、ゆらりと陽炎《かげろう》のように闘気《とうき》が立ち昇《のぼ》る。

騰蛇は緩慢《かんまん》に振《ふ》り返った。剣呑《けんのん》な眼差《まなざ》しが昌浩を射貫《いぬ》く。

「——なぜ、その名を知っている」

低く、怒気《どき》をはらんだ問いかけだった。いや、その重さはもはや詰問《きつもん》といっていい。

昌浩は答えられない。これほどの激昂《げっこう》。触《ふ》れただけで切り裂《さ》かれそうな闘気。

その場にいる全員が息を呑《の》む中、騰蛇はさらに冷たく言い放った。

「お前風情《ふぜい》が、その名を呼ぶな」

昌浩の心が、音を立てて凍りついた。

がくがくと膝《ひざ》が震《ふる》える。必死でそれを抑《おさ》えて、冷たくなった手のひらを握り締めた。

瞬《まばた》くことを忘れたような瞳《ひとみ》が、静かに螣蛇を見返す。色を失ったままの顔に表情はない。

ただ、螣蛇の金の双眸だけが眩《まぶ》しい。

やがて螣蛇は興味をなくしたようにふいと顔を背《そむ》けると、瞬きひとつで白く小さな異形に転じ、ひらりと身を翻《ひるがえ》して姿を消した。

やや置いて、凍結《とうけつ》していた風が流れ出す。

「……昌浩っ」

ひどく切羽《せっぱ》詰《つ》まったような甲高《かんだか》い声は、誰《だれ》のものだ。

「大丈夫《だいじょうぶ》か、真っ青だぞ」

大人びた物言いで、心配げな響きが含《ふく》まれた、これは。

目の奥が熱いのは、どうして。

昌浩の膝が力を失う。誰かの大きな手がくずおれそうな腕を支えて、それにすがることもせずに彼は、そのままかくりと座り込んだ。

視えない。見えない。視たいものはなに。見たいものはなに。

胸の奥で、大切な何かが砕《くだ》ける音がする。これはなんの音。

誰かが前に膝をつく。黒い瞳。これは誰。

音が聞こえない。風の音や、葉擦《はず》れや、草のざわめきや。そういったものがすべて消え失せて、代わりのように木霊《こだま》する声がある。

——名前ってのは、ちゃんと意味のあるものだ。不用意に名乗ってはいけない

くらりと世界が揺《ゆ》れた。違《ちが》う。揺れたのは、別のもの。

——あーあ、しっかりしてくれよ、晴明の孫…

名前を、教えてくれたのは。

大切だというその名を、唯一《ゆいいつ》の至宝だという、その名を。

教えてくれたのは。

——お前に、俺の名を呼ぶ権利をやろう……

教えて、くれたのは——。

5

◆
◆
◆

覚えていないのだ。子どもが生まれたことも、夫婦になったことも、出会ったことも。

女の時は、少女の頃《ころ》に戻《もど》ってしまった。

こんな子は知らない、あたしは結婚《けっこん》なんかしていない。

自分を慕《した》う子どもたちを、得体《えたい》の知れない者に向ける目で見て、大切な夫を罪人のように嫌《けん》悪《お》する。

「あの祠《ほこら》のせいだ…」

男は絶望してうめいた。

壊《こわ》れた祠のそばで、妻の身に何があったというのか。

妻とともにいたあの少女もまた、自我を失ったまま生き人形のようになっているという。

だが、まだ希望は残されていた。東の入海に面した筑陽郷。その近くにある神を祀《まつ》る社には、病を治し死者さえ甦《よみがえ》らせる奇跡《きせき》の力を持つ方がいると聞いている。その方にすがれば、きっと妻は助かるはずだ。

彼は近隣《きんりん》の住民に子どもたちのことを預け、単身筑陽郷に向かった。

彼はそれまで奇跡など信じていなかった。出雲に生まれ、幼い頃から神話の中に住む神々に慣れ親しみ信じていた彼にとって、新興の智鋪社《ちしきのやしろ》は不信の対象だった。だがいまは、姿も霊験《れいげん》も感じられない神などよりも、奇跡を起こすという智鋪社にすがりたかった。

しかし、たどり着いた筑陽の郷人《さとびと》たちから凶報《きょうほう》がもたらされる。このひと月あまり、宗主様《そうしゅ》のお姿を誰ひとりとして見てはいないと。如月《きさらぎ》に入ってから、ぱたりとお隠《かく》れになってしまったと。

そんなばかなことがあるのか。宗主はどこだ。妻を救えるのは宗主だけなのに。

彼は懸命《けんめい》に郷中を尋《たず》ね歩いた。誰かひとりでもいい、手がかりを持ってはいないかと。だが、それはすべて徒労に終わった。

彼は肩を落とし、後ろ髪を引かれる思いで、子どもたちの許《もと》に戻った。宗主が再び姿を見せたならば、必ず報《しら》せてくれとよくよく頼《たの》み込んで。

それが、如月の半ば。

郷に戻った彼は、子どもたちに何度も言い聞かせた。

智鋪の宗主という人が、必ず母さんを元に戻してくれる。母さんは病でお前たちのことを考えられなくなってしまっているんだ、だからもう少しだけ我慢《がまん》して待っていておくれ。

子どもたちは気丈《きじょう》にも笑って頷《うなず》いた。

そして、弥生《やよい》上旬《じょうじゅん》、彼の許に悪夢に等しい報せが入る。

智鋪社が倒壊《とうかい》し、宗主は失踪《しっそう》。もはや宗主も、年若い巫女《みこ》も戻らないであろうと。

彼は絶望の淵《ふち》に叩《たた》き落とされた。

泣き疲《つか》れて眠《ねむ》る子どもたちの寝顔《ねがお》。涙《なみだ》の跡《あと》が残る頰《ほお》を撫《な》でてやりながら、彼は声を殺して泣いた。

誰でもいい。妻を助けてくれるなら、自分はなんでもする。

心が少女に戻ってしまった妻は、郷のはずれにある小さな小屋でひとり暮らしている。

知らない人ばかりで怖《こわ》いと言って。幼友達たちも年を取っていて、信じられないと言って。

彼は自分の家族のことだけで手いっぱいで、ほかのことは何も目に入らなかった。

だから、彼の住む郷で、彼の妻と同じように心が壊れてしまった者が何人も現れ、また何人もの郷人が行方《ゆくえ》知れずになっていることも、知らなかったのだ。

◆　◆　◆

庵《いおり》の屋根上で東の方角を見はるかしていた物の怪は、背後に生じた気配を感じても振り返らなかった。

「何か用か」

物の怪の後ろを取った形の勾陣は、だからといって別に攻撃《こうげき》するわけでもなく、腕組《うでぐ》みをしたまま眉《まゆ》をひそめた。

「騰蛇、あれは晴明の孫だ」

「そうらしいな」

「ああいう物言いは、するな」

「その必要性を感じない」

にべもなく言い放ち、物の怪はここでようやく勾陣を顧《かえり》みた。

「勾、俺は好んでここにいるわけではない。晴明の命令だというから留《とど》まっている。あの子どもは晴明の孫だというが、だからといって俺が気を遣《つか》ってやらなければならない理由はない」

取りつく島もないというのはこれをいうのだろう。

勾陣はため息混じりで吐《は》き出した。

「相手はお前の言うとおりに子どもだ。心の柔《やわ》らかい、傷つきやすい子ども。お前が子ども嫌《ぎら》いなのは知っているが、あえて刃物《はもの》のような言葉を投げつける理由にはならないだろう」

物の怪は勾陣を眺《なが》めたまま、白く長い尾《お》をぴしりと振《ふ》った。

紅《あか》い瞳《ひとみ》が勾陣に据《す》えられたまま動かない。対する勾陣も動じることなくその視線を受ける。

勾陣は騰蛇に次ぐ通力を持つ。同じ凶将《きょうしょう》で、太陰や玄武のように恐《おそ》れる理由は何もない。どちらかといえば、いざというときに背を預けられる騰蛇は、彼女にとっては得難い存在ですらある。だが、それとこれとは話が別だ。人の心を踏《ふ》みにじるような行為《こうい》は許してはいけない。

一方の騰蛇は、誰かに心を預けることは決してない。心を寄せることもない。

彼らの生きてきたこの長い時間の中で、初めてそれを為《な》しえたのが安倍晴明だ。

騰蛇と睨《にら》み合いながら、勾陣は十二神将青龍《せいりゅう》のことを考えた。

騰蛇を徹底《てってい》的に忌《い》み嫌っている青龍だが、ある意味このふたりの性格はよく似ている。お互《たが》いにお互いを嫌い合っているのだが、同族嫌悪の部分もあるだろう。青龍も騰蛇も、主《あるじ》と仰《あお》いだ晴明を絶対視している。どんなに冷たい物言いをしようとも、憎《にく》まれ口を叩こうとも。

「………随分《ずいぶん》と」

ふ、と物の怪が目を細めた。

「あの子どもの肩《かた》を持つものだな、勾。お前にしては珍《めずら》しい」

勾陣は目をしばたたかせて、片目をすがめた。

「――お前がそれを言うか」

「なんのことだ？」

「いや、戯《ざ》れ言《ごと》だ。忘れろ」

訝《いぶか》る物の怪に手を振って、勾陣はため息をつきそうになるのを自制した。ここで騰蛇を責めたとしても、事態が変わるわけではない。

騰蛇には本当に自覚がないのだ。それはどうしようもないことで、いまさらそのことを言ったとてどうにもならない。

改めて、昌浩が選んだ道の苦難を痛感する。

これ以上は堂々巡《めぐ》りになるだろう。勾陣は肩をすくめて対話を打ち切った。

物の怪も別に気にしたふうもない。先ほどまでと同じように、東方の彼方《かなた》に目をやる。

東方。あの視線の先にあるのは、平安の都なのだろう。そこには安倍晴明がいる。

騰蛇が太陰たちに接近しないよう、あえて距離《きょり》をとっていることを勾陣は知っている。太陰が怯《おび》えるのを感じて、自ら身を引いているのだ。騰蛇は好きこのんで相手を恐れさせるような真似《まね》をしはしない。勾陣はそのことも知っている。周囲が勝手に彼を恐れる。それだけのことだ。

踵《きびす》を返しかけて、勾陣はふと足を止めた。

肩越《ご》しに振り返り、物の怪の後ろ姿に問いかける。

「……騰蛇」

ぴくりと、白い背が動いた。

「その姿が不満なら、本性《ほんしょう》に戻《もど》って隠形《おんぎょう》していたらどうだ？」

別にそれを咎《とが》められるわけではない。彼女の感覚ではほんの少しだが、人にとっては昔と呼べるほど前、騰蛇もほかの神将たちと同じように本性のままで隠形し、必要なときだけ顕現《けんげん》していた。

物の怪はしばらく黙《だま》っていたが、やがてぽつりと返した。

「……そうだな」

衝撃《しょうげき》で膝《ひざ》が砕《くだ》けて立てなくなった昌浩は、六合に抱《かか》えられて庵に入り、太陰と玄武に横になることを厳命された。

真っ青で、全身が氷のように冷たく、目にも輝《かがや》きがない。そんな状態では、何を言われても従うしかなかった。

茫然《ぼうぜん》と天井《てんじょう》を見上げたまま、どれほどの時間がたったのかは覚えていない。

ふと我に返ると、辺りにはもう暗闇《くらやみ》が迫《せま》っていて、相変わらず胸の中が凍《こご》えていた。頭の芯《しん》も、心の奥も、冷え切っていた。妙《みょう》に感覚が研《と》ぎ澄《す》まされて、心臓がばくばくと駆《か》け回っている。

鼓動《こどう》の音がうるさくて、目を閉じても眠れない。

眠る努力を放棄《ほうき》して、昌浩は寝返《ねがえ》りを打った。横向きで膝を曲げ、袿《うちぎ》に顔を押しつける。

呼んだら、だめだったのに。

あの名前は、じい様がつけたもので、とてもとても大切なものだと知っていたから、いまはもう呼んではだめだと、頭では理解していたつもりだったのに。

無意識に、口をついて出ていた。いつもいつも、どうしようもないほど追い詰《つ》められたときは、絶対に力を貸してくれていたから。

指先が冷たくなっている。全身の血が下がっているのだ。

おかしいなぁと、ぼんやりと考えた。

血が下がっているのはわかるが、ではどこにいっているのだろう。別に怪我《けが》をして出血したわけでもないのに。

自分で自分の考えがおかしくて、昌浩は声を殺して笑った。埒《らち》もないことだ。

ふいに、優《やさ》しい笑顔《えがお》が脳裏《のうり》をよぎった。

「……」

胸元《むなもと》に、あるはずのないものを探して握《にぎ》り締《し》める。最後に掻《か》き抱《いだ》いたぬくもりを思い出して、唇《くちびる》を噛《か》んだ。

「……い」

会いたい。

彰子に、会いたい。

痛切に、そう思った。

そろそろ日が暮れかけているので、室内は薄暗《うすぐら》い。

主のいない昌浩の部屋に燈台《とうだい》を点《とも》し、彰子は狩衣《かりぎぬ》を明かりにかざして首を傾《かたむ》けた。

「うーん、これで大丈夫《だいじょうぶ》かしら？」

裏表とくまなく点検し、少し力を込めて布地を縦横斜《なな》めに引っ張ってみる。

よし、大丈夫だ。糸もほつれないし、裂《さ》け目も目立たなくなっている。

「ふう」

一仕事を終えた気になって息をついたとき、背後から呼びかけられた。

「おや、彰子様」

彰子は文字通り飛び上がった。

「きゃあ！」

心臓が口から飛び出しそうなほど驚《おどろ》いて、慌《あわ》てて振り返ると、妻戸《つまど》を開けて安倍晴明が顔を覗《のぞ》かせていた。

彰子はほっとした。

「晴明様、驚かさないでください」

少々非難をこめて上目遣《うわめづか》いに抗議《こうぎ》すると、老人は瞬《まばた》きをしてにんまりと笑う。

「これはこれは、失礼をば」

上機嫌《じょうきげん》で中に入ってきて彰子の隣《となり》で立ち止まり、ひとこと断りを入れてから衣《ころも》を手に取る。

「ほほう…。器用なものですなぁ」

「いいえ、私なんてまだまだです」

肩をすくめて天井を仰ぎ、彼女は眉《まゆ》を寄せる。

「お母様なんて手が早くて正確で、一日にお父様の衣装《いしょう》を三枚も縫《ぬ》ってしまわれたんです。露《つゆ》樹《き》様も丁寧《ていねい》で仕上がりがきれいだし、もっと上手になりたいんですけど、なかなか」

嘆息《たんそく》して口をへの字に曲げる彰子の横に腰《こし》を下ろして、晴明は面白《おもしろ》そうに笑った。

「ああ、女性はみなそう言いますな。私の妻もそうでした。もっとも、あれは少々手先に難がありましたので、衣装一枚縫うのにも苦労していたようですが」

晴明の口からそういう話を聞くのは初めてだったので、彰子は目を丸くした。

「そうなんですか？　晴明様の奥様というと、確か若菜様と…」

「ええ」

老人は懐《なつ》かしむように、目許《めもと》に笑みをにじませる。

「あれはなんにでも一生懸命《けんめい》で、努力で補っておりましたよ。根《こん》を詰めすぎるなと、よく窘《たしな》めたものですが」

そんなに気負わなくてもいいと何度言って聞かせても、いいえと首を振《ふ》っていた。

私の大事な旦那《だんな》様のお召《め》し物です。誰《だれ》が見ても問題ないように仕立てなければ、私の気が治まりません。

何度も指に針を刺《さ》しながら手を動かして、若菜が苦労して縫い上げた衣は、いまでも晴明の部屋の唐櫃《からびつ》の奥に眠《ねむ》っている。

彰子に衣を返し、晴明は部屋の中をぐるりと見渡《みわた》した。

昌浩が留守にして、十日以上経《た》っている。なのに埃《ほこり》ひとつ落ちていないのは、彰子が毎日掃《そう》除《じ》をしているからだ。いつ帰ってきても、気持ちよく過ごせるように。

昌浩が帰ってくるのは、早くても皐月《さつき》末日頃《ころ》というところだ。ちょうどその頃は入梅しているはずだから、雨の中を徒歩で都に戻ってくることになる。

太陰の風流で早急《さっきゅう》に戻ってきてももちろん構わないのだが、あまり早すぎると陰陽寮《おんみょうりょう》での説明に困るし、左大臣にも不審《ふしん》がられてしまう可能性がある。昌浩は、直接は陰陽寮の指示だったが、間接的には左大臣の命令で出雲に赴《おもむ》いたのだ。対外的には。

禁裏《きんり》の誰も知らない重い理由が、もうひとつあったけれども。

手近に積んであった書物の一冊を引き寄せて表紙を見ると、昔自分が書き写した山海経《せんがいきょう》だった。昨年の夏にここに持ち込んだまま、どうやら私物化しているらしい。

やれやれと肩《かた》をすくめて苦笑いする晴明の横で、彰子は手にした狩衣を丁寧にたたみながら眉を曇《くも》らせた。

「……晴明様」

「はい？」

手をとめて、彰子はうつむいたままそっと呟《つぶや》く。

「昌浩は、ちゃんと出雲に向かっているんですよね？」

「それは……？」

顔を上げ、彼女は端整《たんせい》な顔立ちに不安をにじませる。

「昨夜《ゆうべ》、夢を見ました。もちろんただの夢です。夢なんです、けど…」

昌浩が、暗く沈《しず》んだ顔をしていた。思いつめたような、何かを必死で堪《こら》えているような、悲しげな目で。

彰子は何かに阻《はば》まれて、彼に歩み寄ることも声をかけることもできなかった。

首にかけた匂《にお》い袋《ぶくろ》を衣の上から押さえる。昌浩が旅立った日に預かったものだ。せめて、これだけでも届けてあげられたら。

香《こう》は破《は》邪《じゃ》の力を持っている。せめて彼が、眠りの中で悪夢に襲《おそ》われたりしないように。

考えていることはもうひとつある。

物の怪は、いつ帰ってくるのだろう。

昌浩と一緒《いっしょ》に帰ってくるのだろうか。いま、いったいどこにいるのか。誰も教えてくれないから、彰子はそれを知らずにいる。

元気な顔が見たい。昌浩に会いたい。

昨年の霜月《しもつき》から毎日顔を会わせていたから、とても寂《さび》しい。

安倍邸《てい》には、いま隣にいる晴明や吉昌《よしまさ》や露樹もいて、ときどき十二神将たちも姿を見せる。だが、昌浩がいない。物の怪がいない。それがたまらなく寂しい。

意気消沈《しょうちん》する彰子を元気づけようと、晴明は近くに積んであった書物の山の中から禁厭《まじない》の書を抜《ぬ》き取った。

「彰子様、ひとつ禁厭を教えて差し上げましょう」

「おまじない、ですか？」

「ええ」

頷《うなず》いて、晴明は笑った。

「不安が消える禁厭ですよ」

いつの間に、眠っていたのだろう。

ぽかっと目を開けると、やけにだだっ広い空間に寝転《ねころ》がっていた。

手足を大の字に投げ出してぼんやり天を見上げていた昌浩は、どう考えてもこれは夢のような気がするなぁと胸中で呟いた。

庵《いおり》の天井《てんじょう》とはまったく別の、藍色《あいいろ》の果てしない天が広がっているのだ。これで星か月さえ出ていれば申し分ないのだが、そこまでわがままは聞いてもらえないらしい。

よいしょと勢いをつけて起き上がる。そのまま開いた足の間に両手をついて、昌浩は重い息を吐《は》き出した。

胸が痛くて、重いものがずっと凝《こご》っていて、息をするのがとても億劫《おっくう》だ。

耳の奥で繰《く》り返し繰り返し、螣蛇の放った冷淡《れいたん》な台詞《せりふ》が木霊《こだま》する。

——お前風情《ふぜい》が、その名を呼ぶな
覚悟《かくご》していたつもりだったのに、そんなものは一瞬《いっしゅん》で、木《こ》っ端微塵《ぱみじん》に打ち砕《くだ》かれた。

「……ははは。涙《なみだ》も出ないや」

力なく呟いたとき、誰かのあたたかい手が肩に触《ふ》れてきた。

はっと顔を上げた。空気が流れて、懐かしさすら覚える甘い香《かお》りが鼻先を掠《かす》める。

昌浩は目を見開いた。うそだと唇《くちびる》が動くが、音にならずに消えていく。

さらりと衣擦《きぬず》れがした。そうして、涼《すず》やかな声が。

「……大丈夫《だいじょうぶ》？」

昌浩は咄嗟《とっさ》にうつむいた。

だめだ。こんな顔は見せられない。会いたくて、会いたくて。本当に会いたくて。

それでも、こんな情けない顔を見せるのは、それだけはできない。

夢でもいいからと、痛切に願っていたけれど。

肩に置かれていた手が離《はな》れて、昌浩はほっと息をついた。が、すぐに背中に重さがかかってきた。

昌浩と背中合わせで腰を下ろした彰子は、すいと上を向いた。何もない藍色の空。

後頭部にこんとぶつかってくるものがあって、昌浩はそっと視線を滑《すべ》らせた。

闇《やみ》より深いぬばたまの黒髪《くろかみ》が、見えた。

こみ上げてくるものがあった。ぐっと息を詰《つ》めてそれをやり過ごす。呼吸が上がるのを気取られないよう息をひそめて、両手を合わせて力を込めた。

背中の後ろから、笑《え》みを含《ふく》んだ声音が響《ひび》いた。

「……おまじない、効いたわね」

本当に嬉《うれ》しそうに、彼女は今度は体重をかけてくる。昌浩は手をついてそれを支えた。

「おまじない……？」

「そうよ。晴明様に教えていただいたの。会いたい人に、夢の中で会えるおまじない」

現実に会うことのかなわない人に、会うための禁厭だ。

寄りかかられた背中があたたかい。わけもなく声が詰まって、昌浩は深呼吸する。

「ねぇ、何を抱《かか》えているの？　私はやっぱり、それを聞いてはだめ？」

「…………」

昌浩は唇を引き結んだ。いま何かを言おうとしたら、ものすごくまずいことになる。そう思った。

いつまでたっても返事がないので、彼女は諦《あきら》めたように息をつく。

「……なら、いいの。私にできることがあればいいと、思ったんだけど」

黙《だま》ったまま首をぶんぶん振って、昌浩は肩越《ご》しに背後を顧《かえり》みた。

できることはたくさんある。彼女でなければできないことが、たくさんある。

たとえば、何も言わずにそばにいてくれること。

たとえば、冷たく凍《こお》った心を癒《いや》す微笑《びしょう》を見せてくれること。

会いたかった。本当に本当に、心の底から会いたかった。

胸の中で凍っているこの想《おも》いをすべてさらけ出して、本当のことをすべて話してしまいたい。何があったか。何が起こったか。そして自分が何を考えて、何をしたのか。

きっと彼女はそれを聞いたら怒《おこ》るだろう。泣くかもしれない。それでも、最後には許してほしいと願う、それは自分のわがままだろうか。

彼女は立ち上がった。背中にかかっていた重さと、ぬくもりが掻《か》き消える。

「……あのね、待ってるから」

昌浩は肩を震《ふる》わせた。後ろからのびてきたあたたかい手が、彼の頰《ほお》に添《そ》えられる。

昌浩の頭に額をつけて、彰子は目を閉じた。

「元気でいてくれたらそれでいいわ。つらい思いをしていなければいいとも思う。怪我《けが》もしないでほしいとも思うし、……忘れないでいてくれたら、嬉しい」

忘れないで、いてくれたら。

昌浩は無言で頷いた。

忘れない。忘れられるわけはない。忘れたくない。

頰に添えられた手に自分のそれを重ねて、昌浩はようやく告げた。

「……帰るから、ちゃんと」

それだけで精一杯《せいいっぱい》だった。迸《ほとばし》りそうな激情もあった。消え入りそうな想いもあった。でも、伝えられたのはそれだけだ。

白い指がするりとすり抜けて、視界から消える。

気配が遠のいていくのを感じて、昌浩はもう一度呟《つぶや》いた。

「……絶対…帰るから…」


まだ夜明け前だ。

彰子は瞼《まぶた》を開けて、何度か瞬《まばた》きをした。

「………」

袿《うちぎ》から両手を出して、顔の前にかざしてみる。ぼんやりと仄白《ほのじろ》い指が見えて、彼女はそれを握《にぎ》り締《し》めた。

冷たい、頬をしていた。必死で耐《た》えている背中が痛々しくて、本当は抱《だ》きしめたかった。

たとえただの夢でも、そうしてあげるべきだったのかもしれない。

そうして息をつく。

夢なのに、夢だったのに。

それでもやはり物の怪は、昌浩の傍《かたわ》らにはいないのだ。


「————……っ」

はっと目を開けると、夜明け間近の気配が漂《ただよ》っていた。

そして、あるはずのない伽羅《きやら》の香りが一瞬だけ。

思わず身を起こすと、かすかな香りは即座《そくざ》に掻き消えてしまう。

昌浩は顔を歪《ゆが》めてうつむいた。あれほど冷たかった指先に、血の気が戻《もど》っている気がした。

乱れた前髪がかすかに揺《ゆ》れて、耳朶《じだ》に風を感じる。のろのろと顔を上げると、板戸が僅《わず》かに開いていた。

昌浩は立ち上がって板戸の外を窺《うかが》った。

「……なんだ、まだ寝ていればいいのに」

板戸に背を預けて簀子《すのこ》に座っていた勾陣が、視線だけこちらに向けて目をすがめる。

自分も縁《えん》に出て板戸を閉め、昌浩は勾陣の隣《となり》に座り込んだ。

「どうした？」

穏《おだ》やかな響きの声に背を押されて、昌浩は顔を上げた。闇の中でも、勾陣の黒曜の瞳《ひとみ》が柔《やわ》らかな光を放っているのがわかる。

「俺、ずっと訊《き》きたいことがあったんだ」

「ん？」

首を傾《かたむ》けて、彼女はつづきを促《うなが》す。

「俺の知らない、みんなが忌《い》んでいた騰蛇。……どうして、あんなに違《ちが》うんだろ、って…」

昌浩の知っている騰蛇。――紅蓮。

紅蓮は、あんなに冷たい目をしない。あんなに刺々《とげとげ》しい物言いも、あんなに冷酷《れいこく》な態度も。

それともそれは、昌浩が知らなかっただけなのか。

だから太陰は騰蛇を恐《おそ》れるのか。だから青龍はあれほどの敵意を叩《たた》きつけてきたのか。

勾陣は、組んでいる足の先を少し振った。思慮《しりょ》深げに首を傾けて、記憶《きおく》を手繰《たぐ》るように目を細める。

「………私はね」

静かに口を開いて、彼女は薄《うす》く笑った。

「あるとき、騰蛇が信頼《しんらい》に値《あたい》する奴《やつ》だと知った。それまで、ただ強いばかりで、青龍より頑固《がんこ》で六合より無愛想で天后《てんこう》より頑《かたく》なな奴にしか見えなかったし、実際そうだったから」

屋根の上で、何かが動いた気配がした。気づいた勾陣はちらりと視線をくれたがに気にしたふうもなく、気づかなかった昌浩は黙ってつづきを待っている。

「騰蛇は変わったよ。でなければ、たとえ異形の姿を取って神気を封《ふう》じていたとはいえ、太陰が平気でそばにいられるわけがない」

風が一瞬《いっしゅん》強まりすぐに凪《な》ぐ。勾陣の髪《かみ》が翻《ひるがえ》り、結んでいない昌浩の髪もばさりと揺れた。

「晴明の配下について式神となってからも、基本的に騰蛇の性情はあのままだった。晴明の前では多少なりとも緩和《かんわ》されていたが、それでも根本的なところは相変わらず。異界でも常にひとりきりで、誰《だれ》もがそれを当然のように受け止めていた」

苛烈《かれつ》な炎《ほのお》の闘将《とうしょう》でありながら、その心根は万年雪よりも固く凍《い》てつき揺るがない。すべてを拒絶《きょぜつ》するように、誰にも心を開かない。

十二神将がこの世界に誕生してより幾星霜《いくせいそう》。それが真実であるはずだった。

勾陣は組んだ足に肘《ひじ》をのせて、頬杖《ほおづえ》をついた。昌浩の瞳をまっすぐ見つめ、その奥に映っているものを見定めるかのように。

「昌浩、お前は知らないと言った。あんな騰蛇は知らないと。そうだろうとも、それは当然だ」

そうして彼女は、おだやかに微笑した。

「騰蛇は変わったよ…。晴明から授《さず》けられた名前が変えたのではない。十三年前、ひとりの嬰《みど》児《ご》が誕生した。だから騰蛇は変わった」

「十三年…？」

そう、と頷《うなず》き、勾陣は頬杖をついていた手で昌浩を差す。

「あれを変えたのは、昌浩、お前だ」

屋根の上で気配が動く。ひそやかに。気取られぬようにと細心の注意を払《はら》って。だが、昌浩相手ならいざ知らず、勾陣を相手にしてそれが通用するわけはない。

苦笑の混じった勾陣の瞳を見つめたまま、昌浩は繰り返した。

「十…三年…」

生まれたのは、自分だ。自分が何をしたのか。どうしてあの冷たい印象しかない騰蛇が、昌浩の知る紅蓮に変われたのか。その理由は、わからない。

それでも。

昌浩はついと視線を滑《すべ》らせて、足元に落とした。

いつだって、耳の奥に響《ひび》く声がある。

――がーんばれ、まーけるな、晴明のー孫ー
孫言うなと、何度も何度も怒鳴《どな》り返して。お返しに物の怪のもっくんと呼ぶと、不機嫌《ふきげん》そうにもっくん言うなと反撃《はんげき》してきた、白い物の怪。

夢を見た。物の怪が遠くに行ってしまう夢だ。呼んでも呼んでも振《ふ》り返ってくれなくて。

目覚めて、傍らにあった白い姿を夢中で抱き寄せて、震《ふる》えが止まるまで放《はな》せなかった。

心臓が痛い。

「………じゃあ…十三年かけたら…」

声の震えを押し殺しながら、昌浩は呟く。

また、同じだけの歳月をかければ、物の怪は、騰蛇は、昌浩の名前を呼んでくれるだろうか。

ちゃんと向き合って、目線を合わせて、昌浩を見てくれるだろうか。

願えば、それはいつかかなうだろうか――。

堪《こら》えきれずにうつむいても、昌浩は決して涙《なみだ》を流さない。そうしなければ、ぎりぎりのところで張り詰《つ》めている最後の糸が切れてしまうことを、本能で悟《さと》っているからだ。

まだ、くずおれることは許されない。自分が選んだ道だ。自分がまいた種だ。

うつむいたままの昌浩の頭を、勾陣がくしゃりと撫《な》でる。

その仕草が、もう二度と帰らない優《やさ》しい神将を思い出させて、ひどく切なかった。

6

◆
◆
◆

昨日田んぼに出ていたはずの息子《むすこ》が、戻らない。

そう言って青い顔をした老婆《ろうば》は、郷《さと》の者に捜《さが》してくれるよう頼《たの》み込んだ。

郷の者はそれを快く諒承《りょうしょう》し、畑仕事の合間に捜索《そうさく》したが、影《かげ》すら見つけ出すことができなかった。

うちの人が、朝出かけたまま帰ってこないの。

私の兄が、山に入ったままもう二日も…。

行方《ゆくえ》知れずになる者が日に日に増えていき、如月《きさらぎ》も終わる頃《ころ》には十五名を超《こ》えていた。

それ以外にも、心が抜《ぬ》け落ちて性格が豹変《ひょうへん》する者が現れる。

それまで一緒《いっしょ》に過ごしていた家族のことを忘れて、諍《いさか》いを起こし別々に暮らしはじめるのだ。

その地域一帯は、当代一の大貴族、藤原《ふじわら》氏左大臣家を領家とする荘園《しょうえん》だった。荘園を管理する立場にある荘官野代重頼《のしろしげより》は、事態を重くみて早急《さっきゅう》に領家へ通報した。

それが、如月の下旬《げじゅん》。領家からはまだなんの通達もない。

都は遠い。いたずらに騒《さわ》ぎ立てているだけで、大した事件ではないと判断されてしまったのだろうか。

だが、このままでは郷人のほとんどが気が触《ふ》れるか、行方知れずになってしまうような気がしてならない。

もしかしたら、行方知れずになった者は何かの事情で姿を消したのではないか。

そう言い立てる者もいた。だが、数日経《た》った頃に入海《いりうみ》に浮《う》かびあがった数体の亡骸《なきがら》が、その予想を打ち砕《くだ》いた。

足に何かが巻きついた痕《あと》が残り、苦悶《くもん》と恐怖《きょうふ》で歪《ゆが》んだ死に顔が、亡骸を引き上げた者たちの心を戦慄《せんりつ》で押し潰《つぶ》す。

吐《は》き気と恐怖を必死で堪えていた男が、水際《みずぎわ》に引き寄せられた亡骸を陸に揚《あ》げようと片足を海に入れた。

ぱしゃりと、水音がした。魚が跳《は》ねたのか。

最初は誰も気に留めなかった。だが直後、恐怖に引き攣《つ》った叫《さけ》びが轟《とどろ》いた。

「た、助けてくれ！　何かが、足に…！」

亡骸もろとも、男が水に引きずり込まれる。必死でもがき逃《のが》れようとした男の背後で飛沫《しぶき》があがり、四足の黒い獣《けもの》が躍《おど》り出て、ばくりと裂《さ》けた口で男の頭部を呑《の》み込んだ。獣はそのまま男を水底《みなそこ》に押し込《こ》めて、亡骸も持ち去った。

集まっていた一同は茫然《ぼうぜん》としていた。

静かな水面が大きく波立ち、水の底に黒いものが幾《いく》つも揺《ゆ》れているのが見える。

そして、そのさらに奥に、獣よりずっと大きな塊《かたまり》が沈《しず》み、一対の眼《め》がぎらりと光った。

「………う…わぁぁぁぁぁ！」

誰かが上げた悲鳴が引き金となった。硬直《こうちょく》の呪縛《じゅばく》をとかれて、男たちはまろぶように海から離れていく。

水面に獣が舞《ま》い上がり、飛沫を上げた。

『………連れて来い…』

唸《うな》りが海を震わせる。五匹《ひき》の獣が水面に跳ね上がり、そのまま男たちを追った。

◆　◆　◆

板戸が閉まる音がする。

もう少し休んだほうがいいと勾陣に促《うなが》されて、昌浩が庵《いおり》の中に戻《もど》った音だ。

それまで息をひそめていた太陰と玄武は、そろって大きく嘆息《たんそく》した。

盗《ぬす》み聞きをするつもりは毛頭なかったのだが、結果としてそうなってしまった。

騰蛇ほどではないが、怒《おこ》った勾陣もそれはそれは恐《おそ》ろしい。ただ、彼女には分別があるし滅《めっ》多《た》なことでは爆発《ばくはつ》しない。常に苛々《いらいら》と感情を剝《む》き出しにしている青龍にくらべたら、勾陣ははるかに冷静だ。……ときどき本気になったとき、凄絶《せいぜつ》に怖《こわ》いだけで。

東の空が白みはじめている。じきに夜が明けるだろう。

屋根にぺたりと座っていた太陰が、焦《じ》れた様子で頭を掻《か》きむしった。

「どうしたのだ」

胡乱《うろん》げな玄武を半ば睨《にら》んで、太陰はがばりと立ち上がった。

「だって、だってよ、あのままじゃ昌浩、心が壊《こわ》れちゃう!」

必死で耐《た》えて、堪えて。せめぎあう感情の渦《うず》を押し留《とど》めようとして、全霊《ぜんれい》で戦っている。

小さな物音ひとつで目を覚ますほど眠《ねむ》りが浅いのを知っている。食事だって、おいしそうな顔をしながら、本当は無理やり飲み込んでいるのだ。

そうしなければいけないから。

「わたしたちじゃ、だめなのよ…！」

自分にはそれだけの器量はない。玄武も同様だ。六合とて、支えることはできても痛みをやわらげることはできないし、勾陣もそうだ。

そして多分昌浩は、たとえこの場に晴明や彰子がいても、本音を吐露《とろ》することはできないだろう。自分で勝手に感じている負い目が、彼をますます追い詰めていく。

「わたしは騰蛇が怖いわ、それはどうしようもない。嫌《きら》いじゃないけど、怖いんだものっ」

だんだん何を言いたいのかがわからなくなっている感がある。

玄武は一歩引いた立ち位置でそれを分析《ぶんせき》し、どうしたものかと眉根《まゆね》を寄せる。うまい言葉が見つからないのは、自分も同じだ。

彼女の昂《たかぶ》る感情に引きずられて、風が渦を巻く。太陰の髪《かみ》が大きく翻《ひるがえ》り、玄武はたまらずに目を閉じた。

「でもっ、でもっ！　なんにもできないで、昌浩が壊れちゃうのはいやよっ！」

「それは我とて同意だ」

視《み》えなくなって、一番つらいのは昌浩のはずなのに。けれども彼は、すまなそうな顔でこう言ったのだ。

ごめん、できるだけ、俺に見えるように神気を強めてくれるかな…？

そんなふうに言われたら、こちらのほうが泣きたいくらいに切なくなるではないか。

「何が最強の十二神将よ、何が現代最高峰《さいこうほう》の陰陽師《おんみょうじ》よっ。こんなときになんにもできない、役立たずじゃないっ……！」

涙声《なみだごえ》で叫んで、太陰はふと我に返ったように目を見開いた。

風が唐突《とうとつ》に治まる。それまでみしみしと音を立てていた周囲の木々が、ようやく戻ってきた平穏《へいおん》に安堵《あんど》しているようだ。

「……そうよ…陰陽師がいるじゃない…」

「太陰？」

怪訝《けげん》そうな玄武には答えず、太陰はばっと天を仰《あお》いだ。

昨日よりさらに厚く垂れ込めた空は、いまにも雨滴《うてき》を落としはじめそうだ。

「すぐ戻るわ！」

言い置いて、太陰は竜巻《たつまき》を起こした。ぶわりと生じた風圧に耐え切れず、玄武は均衡《きんこう》を崩《くず》して屋根から転がり落ちる。

地面に叩《たた》きつけられる寸前で体勢を立て直し、なんとか着地した玄武は、さすがに眉を吊《つ》り上げて天を振《ふ》り仰いだ。

が、時すでに遅《おそ》し。太陰の姿は竜巻とともに消え失《う》せている。

「こ…っ、このっ…己《おの》れ…！　我はどうすれば…！」

怒《いか》りのやり場がなくなってしまった玄武は、しばらく不機嫌《ふきげん》な顔で周囲を見渡《みわた》していたが、木々を薙《な》ぎ倒《たお》して憂《う》さ晴らしをするわけにもいかないので、深く重いため息を長々と吐き出した。

十二神将が誕生してからどれほどの歳月が流れたのか、正確な数値はもはや記憶《きおく》していないが、いつもいつも玄武は太陰に振り回されている。

無事に都に戻ったら、彼女を唯一《ゆいいつ》窘《たしな》められる白虎に言って、多少なりとも反省を促してもらおう。

昼間近、厚い雲に覆《おお》われた空を昌浩はぼんやりと見上げていた。

あまり風もないし、山々には春の兆《きざ》しがそこかしこに見られる。明け方突然《とつぜん》風が強くなった気がしたが、あれはなんだったのだろう。

頭の奥ががんがんと痛む。疲労《ひろう》と心痛で、心身ともにぼろぼろだ。

昌浩は目を閉じて想《おも》いを馳《は》せた。夢の中で会えて、少し楽になったような気もしていたけれど。

胸に手を当てて何度も深呼吸をする。でなければ、走りつづける心臓が休まらない。

空気を入れ替えるために板戸を開けると、偶然《ぐうぜん》にも目の前に物の怪がいた。

椿《つばき》の前を通りかかったところなのか、板戸に目を向けて足を止める。

昌浩と物の怪の目が合った。紅《あか》い瞳《ひとみ》はなんの感情も見せず、一瞬《いっしゅん》険をはらんで逸《そ》らされる。

知らず知らずに身を硬《かた》くしていた昌浩の胸の奥が、音を立ててきしんだ。

あの目を自分は知っている。夢の中で何度も見た。懸命《けんめい》に呼びかけて、見えない壁《かべ》を手のひらが裂けて血が出るまで叩いて、ようやく振り返った物の怪の眼差《まなざ》し。

なんの感情も映らない、紅い目だ——。

椿の下から物の怪の姿が消える。きりきりと臓腑《ぞうふ》が締《し》め上げられていくようで、額にじっとりとにじんだ冷たい汗《あせ》をぬぐった。苦いものを呑《の》み下し、気持ちを切り替えるために頭《かぶり》を振る。

そのときだった。

突風が駆《か》け抜《ぬ》けた。椿の花が一斉《いっせい》に散り落ちて、砕《くだ》けた花弁が庵に吹《ふ》き込んでくる。袿《うちぎ》と筵《むしろ》が撥《は》ね飛ばされて、昌浩はよろけないよう板戸を掴《つか》んでやり過ごした。

「なんだ…？」

茫然とした呟《つぶや》きに、凄《すさ》まじい絶叫《ぜっきょう》が重なった。

「うわぁぁぁぁっ！」

次いで生じた落下音。重いものが、庵の正面の開けたところに落ちてきたらしい。

突風の衝撃《しょうげき》から囲炉裏《いろり》をかばうようにしていた玄武が顔を上げる。勾陣と六合が腰《こし》を浮《う》かせた。

昌浩は、自分の耳を信じられずに呟いた。

「………え…？」

もつれる足で地面に飛び降り、庵の外周を駆けて椿の下を潜《くぐ》り抜け、立ち止まる。

草地にへたり込み、したたかぶつけた後頭部を押さえ顔を歪《ゆが》めている青年がいた。

「っつつ…。おじい様の式神はどうしてこう…」

ぶつぶつと文句を並べていた青年は、立ちすくむ昌浩に気づいて瞬《まばた》きをした。立ち上がって狩袴《かりばかま》の土を払《はら》い、おだやかに昌浩を見つめる。

「どうした、弟よ。なんだか青ざめているなぁ、そんなに驚《おどろ》いたのか？」

破顔一笑《いっしょう》。おいでおいでと手招きする安倍成親《なりちか》に、突風で彼をここまで運んできた太陰が、空中で仁王《におう》立ちの体勢になった。

「呼ぶんじゃなくて、自分から近づいてくのよっ、こういうときはっ！」

「おや、そうか？　俺としては実に十日以上ぶりの感動の再会なので、ぜひ喜び勇んで駆け寄ってくる末っ子の図が希望なんだが」

飄々《ひょうひょう》と言ってのけ、成親は改めて昌浩を見返す。そして、今度は「兄」の顔になった。

「……昌浩。どうした」

それまで固く握《にぎ》り締められていた昌浩の手のひらが、のろのろと開いていく。

成親を見つめたまま見開かれていた瞳が唐突に大きく揺《ゆ》れて、それまでずっと耐えていた涙があふれ出た。

「……に…うえ…！」

昌浩がいつまでたっても動かないので、成親が末弟の許《もと》まで歩み寄り、頭を掻《か》きまわしてから抱《だ》き寄せる。

「ばかだなぁ。……しんどかったんだろう」

背中をぽんと叩かれて、最後の最後の緊張《きんちょう》の糸が切れた。

自分の衣《ころも》にしがみつき、大きく声を上げて泣き出した末の弟の背を叩きながら、成親は相変わらず浮遊《ふゆう》している太陰を見やった。

出雲の意宇郡《おうのこおり》を目指してひとり旅していた成親を、空の上からきゃんきゃんと甲高《かんだか》い叫《さけ》びが呼び止めたのは一刻ばかり前のことだ。

「いた――――っ！」

何ごとかと空を振り仰いだ成親は、憤慨《ふんがい》している十二神将太陰と目が合って、一瞬回れ右をして逃《に》げ出しそうになった。それをなんとか持ちこたえ、なんの用だと尋《たず》ねた成親の襟足《えりあし》を摑み、太陰は有無《うむ》を言わさず彼を空中に放《ほう》り上げたのだ。

それからは竜巻に巻かれて、目は回るわ気分は悪くなるわで散々だった。

が、昌浩の顔を見て諒解《りょうかい》した。太陰が急いでいたわけは、これか。

理由はわからないが、十四歳の弟が危《あや》うい状態だったのだ。


ひらりと飛び降りてきた太陰に、玄武が剣呑《けんのん》な目つきで詰《つ》め寄った。

「太陰、明け方慌《あわ》てて出て行ったのはこのためか」

「そうよ」

「ではさっきの突風はなんだ。おかげで灰が飛び散って大変な惨状《さんじょう》になるところだったではないか」

火種が埋《う》まっている灰だ。木造の庵《いおり》に火種が散らばったらと思うとぞっとする。

「そしたら玄武が消せばいいじゃない。水将なんだから」

「そういう問題ではない！」

ぴしゃりと叱《しか》りつけると、太陰はしょげたようにうつむいた。

「…だって」

「なんだ」

憤然と腕《うで》を組む玄武に、彼女の肩《かた》が小さくなる。

「……屋根に、騰蛇がいて、おもいきり目が合っちゃったのよ…」

成り行きを見守っていた六合と勾陣が軽く目を瞠《みは》る。なるほど、それで無意識に突風か。太陰にも騰蛇にも互《たが》いに悪意があったわけではない、これは出会い頭《がしら》の事故という奴《やつ》だ。

「む……」

さしもの玄武も言葉に詰まる。太陰はうなだれた。

「ごめんなさい、次はもっと気をつけるわ」

「……そうしてくれ」

太陰より頭ひとつ分高い玄武が頷《うなず》き、ふたりの背中を勾陣が叩《たた》く。この件はこれで終わりだ。

六合は、庵の外で成親にしがみついている昌浩に目を向けた。

それまでずっと昌浩を取り巻いていた痛々しい空気が、とけるように消えている。

神の末端《まったん》に連なっていても、十二神将は万能ではない。至高の神とて万能ではない、当然だ。

だが。十二神将などといっても、その実態は無力だ。

「――――」

名前のつけられない感情をかかえて、六合はそっと嘆息《たんそく》した。


物の怪は、突然現れた青年を見て記憶を手繰《たぐ》った。

あの顔には覚えがある。そう、確か晴明の次男の息子《むすこ》で、名前は成親といった。

しかし、妙《みょう》だ。

記憶にあるものより、背が高い。元服したばかりで子ども子どもしていたはずなのに、いま彼の見下ろす先にあるのは大人の貫禄《かんろく》を備えはじめた青年のそれだ。

少なくとも、二十代後半だろう。

眉根《まゆね》を寄せて、物の怪は呟いた。

「どういうことだ…?」

急に降りはじめた雨は、昼を過ぎた頃《ころ》には本降りになっていた。

「うーむ、濡《ぬ》れずにすんだのは僥倖《ぎょうこう》だなぁ。あのまま元気よく闊歩《かっぽ》していたら、いま頃濡れねずみだ」

成親の言に太陰が胸を反らす。

「そうよ、感謝しなさい」

「しかし烏帽子《えぼし》は飛ばされそうになるわ背負っていたはずの荷物はどこぞへ消えるわ懐《ふところ》にしまっておいた数珠《じゅず》は取り落とすわ大臣様からじきじきにいただいた路銀まで紛失《ふんしつ》するわ、かなり散々な目に遭《あ》ったのも事実だしなぁ」

痛いところを突《つ》かれた太陰がぐっと詰まると、後ろから六合が珍《めずら》しく口を挟《はさ》んできた。

「太陰、探しに行け」

「うっ……」

「……了解《りょうかい》」

がくりと肩を落として、太陰がとぼとぼと戸口に向かう。その途中《とちゅう》で玄武の腕を掴《つか》み、問答無用で連れて行く。勾陣と六合はそれに関しては何も言わなかった。

そんなやり取りを見て、目を真っ赤にした昌浩が薄《うす》く笑う。

神将たちは、誰《だれ》もが道反《ちがえし》の聖域にいて、何が起こったのかを知っていたから。昌浩の覚悟《かくご》と決意を目《ま》の当たりにして、必要以上に気《き》遣《づか》っていた。

だから昌浩は、逆に心配をかけてはいけないと必死になった。現状は当然の結果で、自分の心が痛むのは、それはただの報《むく》いなのだと。

そうやって気負っていたものが、兄の顔を見た途端《とたん》崩《くず》れ落ちた。

年の離《はな》れた成親は、あまり身近ではなかったかもしれない。時間だけを考えれば、ともに過ごしたときはとても短かった。だが彼は、たとえ結婚《けっこん》して家を出たとしても次男の昌親《まさちか》と三男の昌浩の頼《たよ》れる兄で、離れていても弟たちのことを大切に思っている。心根の深い、あたたかい人だ。

何があっても、ありのままに受けとめる懐の広さ。それが昌浩の心をとかした。そしてそれは、紅蓮がことあるごとに昌浩に示していたものと、とてもよく似ている。

成親は勾陣と六合に目配せをした。察したふたりが隠形《おんぎょう》し、その場から離れたのが気配でわかる。

成親は真面目《まじめ》な顔で昌浩に向き直った。

「昌浩。……お前、『眼《め》』はどうした」

率直《そっちょく》に訊《き》かれて、昌浩は咄嗟《とっさ》の返答に窮《きゅう》した。成親はさらにつづける。

「十二神将が、労せずして俺にも視《み》える。それは通常ありえない。俺はまったく集中していないのに、なぜ視えるのか。神将たちがあえて神気を強めているからだ」

昌浩は何も答えられなかった。成親の言うとおりだからだ。

ひと回り以上年の離れた安倍家の長兄は、難しい顔をして腕を組んだ。

「買い被《かぶ》りではなく、お前だったらある程度は隠形していても感じられるだろうし、視えるだろう。俺たちはそれを知っている。だからおじい様もお前を後継《こうけい》にさだめたんだ」

昌浩は目を伏《ふ》せた。肩が頼りなく落ちる。

それを見て、成親は淡《あわ》く苦笑《くしょう》した。

「なんだかまるでいじめてるみたいだなぁ。騰蛇に張り倒《たお》されそうだ」

場を和《なご》ませるための台詞《せりふ》だったのだろうが、彼の意に反して昌浩の肩がびくりと震《ふる》える。

成親は怪訝《けげん》そうに目をすがめた。そういえば、騰蛇が姿を見せない。昌浩が元服してからというもの、騰蛇は白い異形の姿でいつもこの弟の傍《かたわ》らにいたはずだ。彼は慌てて周囲の様子を窺《うかが》った。視線を走らせて、梁《はり》の上に白い姿を認める。

紅《あか》い双眸《そうぼう》と視線がかち合い、成親はざっと血が下がる音を聞いた。

ごくりと喉《のど》を鳴らすと、物の怪はふいと身を翻《ひるがえ》し、完全に隠形する。我知らず息を吐《は》き出して、彼はなんとなく状況《じょうきょう》を理解しはじめていた。

痛々しいほどに憔悴《しょうすい》している昌浩と、正月に遭遇《そうぐう》したときとは雰囲気《ふんいき》が一変している物の怪。

居住まいを正して、成親は昌浩に尋《たず》ねた。

「昌浩、正直に話してほしい。いったいこの地で、お前は何をしていたんだ？」

如月末頃《きさらぎ》、安倍成親と安倍昌浩は、陰陽寮《おんみょうりょう》の指示で出雲国、意宇郡に派遣《はけん》されることになった。その人選は陰陽寮の頭《かみ》が取り決めたものだが、蔵人所《くろうどどころ》の陰陽師である安倍晴明の意向も大いに反映されている。

成親は険しい顔をした。

「お前には大切な役目があるから、同行するふりで別行動をさせる、と父上から言い渡《わた》された。だが、父上もその内実を御存知《ごぞんじ》ではなかった。おじい様のご指示だそうだ」

晴明の思案するところは自分にはよくわからない。だが、間違《まちが》ったことではないはずだから、成親はそれを了承《りょうしょう》した。ひとりで出雲に向かうのは少々寂《さび》しいが、それは致《いた》し方《かた》ない。

そうして彼は、ひとり出雲に向かっていた。太陰が現れなかったら、もう五日はかかったであろう。そして、その五日を過ぎていたら、昌浩は取り返しのつかない状態になっていたのかもしれない。

　昌浩は何度も口を開きかけ、そのたびに言い澱《よど》んだ。何があったか。それをすべて話すなら、昨年の冬まで遡《さかのぼ》らなければならない。

「……それは…」

　昌浩がようやく語りだした。話が進むにつれて、成親の目が険しくなっていく。神話につながるような壮大《そうだい》な話だ。だが、昌浩が嘘《うそ》や作り話をしているのではないことは、その苦渋《くじゅう》をはらんだ顔を見ればすぐにわかる。

「……それで…ここに…」

「……ほう、なるほど」

　兄の声が、唸《うな》るようだ。昌浩はそろそろと様子を窺った。自分を見る目が吊《つ》り上がり、いささか青ざめた顔が強張《こわば》っている。無理もない、途方もないような話だ。

「――螣蛇が？」

　それは、問いかけというよりも確認《かくにん》だった。昌浩は黙《もく》して頷く。目を伏せて身を縮こまらせるようにしながら、彼は緊張《きんちょう》していた。

　しばしの沈黙《ちんもく》を経て、成親の重い声が響《ひび》いた。

「……ばか者」

短くひとこと。それだけだ。だが、昌浩は殴《なぐ》られたような気分になった。

「絶対に、そんなことはもうするな」

「……………ごめんなさい」

震える声がかすれている。うつむいたままの頭をぐしゃぐしゃと掻《か》きまわして、成親は深々と嘆息《たんそく》した。

「肝《きも》が冷えたぞ」

「うん」

「誰かを大事だと思っているのはお前だけではないんだぞ」

「……………うん」

川辺で会った優《やさ》しい人も、同じ意味合いのことを言っていた。

兄の手のひらが頭を撫《な》でる。それを感じながら、昌浩は目を細める。いまここにいられるのは、自分の力では決してない。

「……俺、川のそばでさ…」

「ん？」

「……ばあ様に、会ったよ…」

成親は一瞬《いっしゅん》目を丸くして、それからおだやかに、そうかと笑った。

土砂《どしゃ》降りの雨の中を、太陰と玄武は風に巻かれながら移動していた。

太陰が成親を見つけたのは、伯耆国《ほうきのくに》と出雲国の国境《くにざかい》だった。山越《やまご》えを避《さ》けた成親は日本海側に出てから出雲を目指していたのだ。

「確かに、山越えをするのは骨が折れる。成親は思慮《しりょ》深い」

感心して頷《うなず》く玄武の周りに、雨を弾《はじ》く風の膜《まく》がある。太陰も同様だ。

彼女は少し浮《う》き上がり、風を操《あやつ》って成親の荷物の行方《ゆくえ》を追っている。地上の玄武も何もしていないわけではなく、雨に混じる成親の気をたどっているのだ。

玄武の眉《まゆ》がぴくりと動いた。掲《かか》げた手をすいと動かすと、水の固まりに包まれた数珠《じゅず》が手元に引き寄せられてくる。

「よし。これであとは成親の財布だけだな」

これも太陰がほどなく発見する。大分拡散していたので探索《たんさく》に時間がかかったが、幸いにしてすべて無事だ。

ふたりはほっと息をついた。

「よかった。ばらけてたら大惨事《さんじ》になるところだったわ」

胸を撫で下ろす太陰に玄武が釘《くぎ》を刺《さ》す。

「これに懲《こ》りたら、もう少し慎重《しんちょう》になることだ」

「わかってるわよ」

顔をしかめていた彼女は、玄武がしっかり荷物を抱《かか》えているのを確認し、指を鳴らした。突《とっ》風《ぷう》がふたりを包む。やはり、荒《あら》っぽいことには変わりがない。

体が勢いよく空に放《ほう》られるのを感じながら、玄武は諦《あきら》めの混じった口調でぼそりと呟《つぶや》いた。

「……せめて努力を…」

雨と風に紛《まぎ》れて、その訴《うった》えは太陰の耳までは届かない。彼女は空を翔《か》けながら、地上をざっと一瞥《いちべつ》した。

「そろそろ田植えの時期よねぇ。智鋪社騒動《そうどう》で混乱してても、働かなきゃ生きていけないんだし、少しは落ちついたかしら」

風に乗るふたりの眼下に広がる田畑。雨でかすんでいるようにも見えるが、それほど荒《あ》れ果ててはいない。

「そういえば…」

何かを思い出した様子で玄武が視線を滑《すべ》らせた。

「智鋪社とはまた別に、山代郷で不穏《ふおん》な事態が起こっているという話だったな。太陰、そちらはどうなのだ？」

「え？　ううん、知らないわ。でも、そうか、忘れてたわ…」

考えるように口元に指を当てた太陰は、唸りながら首を傾《かたむ》けた。

「どうせだから、様子見くらいはしていきましょうか」

「うむ、建設的だ」

玄武が重々しく頷くのとほぼ同時に、風が速さをいや増した。

7

◆
◆
◆

筵《むしろ》をかぶった幼い子どもがふたり、古い小屋のそばに立っている。

「……にいちゃん、いこうよ」

幼い弟が兄の衣《ころも》の裾《すそ》を引くが、兄はその場を動かない。

彼が見ているのは、雨の中にひっそりとたたずむ小屋だ。その中には彼らの母親がいるのだ。

こんな子どもは知らないと言った、母親が。

ふいに視界がにじんで、彼は慌《あわ》てて目許《めもと》をぬぐった。自分が泣いたら、弟に心配をかけてしまう。

「ねぇ、にいちゃん…」

いまにも泣きそうに顔を歪《ゆが》めた弟に、彼は懸命《けんめい》に作った笑顔《えがお》を見せた。

「うん、そうだな。父ちゃんが帰るまでに、ごはんも作っておかなきゃ」

彼はふと、弟の着ている衣に大きな裂《さ》け目ができていることに気がついた。手をのばしてそこに触《ふ》れると、弟はばつが悪そうに頭を掻く。

「あそんでたら、木にひっかけちゃったんだ。……かあちゃんが、あとでなおしてくれるっていって……」

そこまでしか言葉にならなかった。くしゃくしゃに顔を歪めて、雨に濡《ぬ》れた頬《ほお》に別のものが伝い落ちる。

弟の頭を抱えるようにして、彼らはとぼとぼと歩き出した。

そうやって、親や兄弟に忘れられてしまった者たちが、日いちにちと増えている。そういう者は何かの折にふとひとりになって、倒《たお》れているのを発見されるのだ。

目を覚ましたとき、親しい者たちのことを忘れ去り、時を遡っている。

それでも、生きているからまだいいのだという者もいた。突然消えて、入海に浮かんでいる者や二度と戻《もど》らない者もいるのだから。

彼は白くなるまで拳《こぶし》を握《にぎ》り締《し》めた。

あの、祠《ほこら》だ。

郷《さと》の長老に聞いたことがある。あの祠には恐《おそ》ろしいものが封《ふう》じられていたのだ。ずっとずっと昔、風に乗ってやってきた化け物がいて、散々悪さをしたその化け物を白い神が封じたのだと。この出雲の地には、たくさんの神がいる。だからきっと、人々の惨状《さんじょう》を見かねた神が、救いの手を差しのべてくれたのだ。

だが、彼は思うのだ。神様だったら、どうしてそのときやっつけてくれなかったのか。そのときに神様がやっつけてくれていれば、こんなふうに祠が壊《こわ》れるようなことにもならなかった。母親が変わってしまうこともなかった。近所のあの子があんなふうに壊れてしまうこともなかったはずなのに。

神様なんて、もう信じない。

神様が本当にいるなら、どうしていま、助けに来てくれないのだ。

◆

◆

◆

夕方近くなってくると、さすがに小降りになってきた。

山陰《さんいん》地方は曇天《どんてん》や雨のほうが多いのだそうだ。そういわれてみれば、昌浩がこの地にやってきてからというもの、晴天には一度も遭遇《そうぐう》していない。

さすがに寒いので、昌浩と成親は囲炉裏端《いろりばた》で火に当たっていた。五徳《ごとく》の上には古い鍋《なべ》がかかっていて、先日太陰がしとめてきた猪《いのしし》と山菜の汁《しる》が湯気を立てている。

空になった椀《わん》と箸《はし》を置いて手を合わせた成親が、感心したように言った。

「いいもの食ってるなぁ、お前。俺なんか糒《ほしいい》ばっかりだったというのに」

焦《こ》げないように鍋をかき混ぜながら、彼は庵の中を改めて物色する。

「古いけど、五徳や鍋があって壁《かべ》や屋根に穴も開いてない。近くの郷の誰《だれ》かが定期的にやってきている感じだな。見知らぬ誰かに感謝感謝。引き払《はら》うときはちゃんと掃除《そうじ》しておかんと」

昌浩の問うような視線を感じ、成親は鍋に蓋《ふた》をした。

「おじい様から聞いていないのか？　俺は山代郷に赴《おもむ》くように言われてここまで来たんだ。得《え》体《たい》のしれない新興宗教のほうはお前の任務だということでな」

「山代郷…」

確かめるように繰《く》り返す昌浩に、成親は衣の合わせを探《さぐ》って一枚の紙片を示す。

「地図だけは持っていたのが幸いしたな。ほら、ここだ。西の入海沿い」

囲炉裏の火で照らされた紙面に、出雲の地図が記されている。昌浩たちがいるのは、どちらかといえば東の入海に近い場所だ。徒歩で二、三日はかかる距離《きょり》だろう。神将たちの神足だったら二刻もかからないだろうが。さらにいうなら太陰の風流だったら半刻もしないに違《ちが》いない。

最後の手段はあまり用いたくないが。

「人の心が壊れたり、行方《ゆくえ》知れずになったり、まぁそんな事件が続発しているらしい。大臣様が所有されている荘園《しょうえん》で、とりあえずその荘官宅に滞在《たいざい》しながら事件の全貌《ぜんぼう》を明らかにするのと、当然のことながら解決しろと、まぁそういうことだな」

言ってから、ふいに成親の顔がさあっと青くなった。

「しまった…」

「兄上?」

訝《いぶか》る昌浩の前で、成親はせわしなく瞬《まばた》きをしながらうめく。

「落とした荷物に、大臣様からの書状が…」

「ええっ⁉」

今度は昌浩が飛び上がる番だった。

「そ、それって、兄上、ものすごく、ものすごくまずいのでは…⁉」

うろたえる昌浩に、成親は急に涼《すず》しい顔を向けた。

「そう思うだろうがな、昌浩よ」

淡《あわ》い笑みすら口元ににじませ、安倍家長男は爽《さわ》やかに断言した。

「そのとおり、大変にまずい」

「…………」

さすがに言葉が出ない昌浩である。

成親は腕《うで》を組んで唸《うな》っている。ときどき、こうなったらばっくれるというのはどうだろうか、などという物騒《ぶっそう》な台詞《せりふ》を呟《つぶや》きながら、事態の収拾をどうつけるか思案しているようだ。

こういう兄の言動を見るにつけ、この人も間違いなくじい様の孫だと、自分のことを棚《たな》に上げて昌浩は思う。一番似ていないのは次兄の昌親だが、あの人もあの人でなかなかに大胆《だいたん》なところがあるので、紛《まぎ》れもなく安倍晴明の孫だ。

壁に突風《とっぷう》が衝突《しょうとつ》する音がした。庵が振動《しんどう》し、板戸ががたがたと非難がましく鳴りわめく。それを黙殺《もくさつ》するようにして、勢いよく太陰が飛び込んできた。

「大変よ！」

成親は太陰と、その後ろの玄武を認めてがばりと立ち上がった。ふたりに向かっていく成親に、太陰は血相を変えて言い募《つの》る。

「成親、山代郷が…っ、て、聞きなさいよ」

自分の隣《となり》を素通《すどお》りされて、太陰が半眼を向ける。睨《にら》まれた当人は応《こた》える様子もなく、玄武の手から荷物を受け取り、がさごそと広げていく。

その手元を注意深く観察しながら、玄武は首を傾《かたむ》けた。

「足りないものはないか？」

「……うん、全部そろってる。良かった良かった、これでお役目をまっとうできるぞ」

朗《ほが》らかに笑う成親を背中からどつき、太陰は彼の意識を自分に向けさせた。

「痛いじゃないか」

「聞きなさいってば！　山代郷が大変なことになってるのよ！」

「知ってる」

あっさり返し、成親は荷物の一番奥から油紙の包みを取り出した。雨に濡れてしまった荷物はなかなか大変なことになっているが、これが無事ならさしたる問題ではない。呪符《じゅふ》などはまた作ればいいのだ。

荷物を元通りに詰《つ》めなおし、成親は末弟を顧《かえり》みた。

「どうやら危機的な状況《じょうきょう》になっているようだし、ここでのんびりもしていられないらしい。どうする、お前はまだここで療養《りょうよう》しているか？」

昌浩は瞠目《どうもく》した。彼は、お前が万全でないなら、事態の収拾と解決は自分ひとりでなんとかすると言っているのだ。

「だ、大丈夫《だいじょうぶ》！　体はもう平気！」

気を引き締めて、昌浩は断言する。一番重かったのは、心の傷だ。心がふさいでいたから、眠《ねむ》りも浅く、何を口にしても砂を嚙《か》んでいるようにしか感じられなかった。

輝《かが》きを取り戻した昌浩の目を見返して、成親は力強く頷《うなず》いた。

「そうか。では、すぐ山代郷に向かおう」

幼い兄弟は、郷の一角にある集落の、自分たちの家に向けてとぼとぼと歩いていた。

山代郷の、入海に程《ほど》近い彼らの家は、草葺《くさぶき》の小さな建物だ。土間の一間で、冬は本当に寒くて。それでも、家族みんなで幸せに暮らしていた。

少し歩けば入海に出て、ぽつんと海に浮《う》かぶ蚊島《かしま》が見える。夏は入海で遊ぶのだ。ときどき魚やしじみを獲《と》っていくと、母はとても喜んだ。

雨は小降りになっている。じきにやみそうだ。

少年は立ち止まった。並んでいた弟が、不思議そうに振《ふ》り返る。かぶった筵《むしろ》を叩《たた》く雨脚《あまあし》は大分弱まって、滴《したた》る水が足元に跳《は》ね返る。

「にいちゃん？」

じっと入海を見ていた兄が、何かを決意した顔を向けてきた。

「弥助《やすけ》、お前先に帰ってろ」

「え？　なんで、いっしょにかえろうよ」

「兄ちゃんは、することができた。だから、お前だけ帰るんだ。ふたりともいなかったら、父ちゃんが心配する」

「そんなぁ」

そんなやり取りの果てに、弟の弥助は筵をかぶったまま渋々《しぶしぶ》家路についた。離《はな》れていく背中を見送っていた少年は、雨の中をそのまま入海に向かって駆《か》け出した。

「にいちゃん、だいじょうぶかなぁ」

雨避《あまよ》けの筵は自分が持って帰って来てしまった。濡《ぬ》れたら風邪《かぜ》を引くと、いつもいつも母が心配していたのを思い出す。いまからでも遅《おそ》くない、踵《きびす》を返して兄のあとを追いたかったが、怒《おこ》られるだろうからと考え直してやめた。

彼らの家は、集落の端《はし》にある。もっと先にはとても大きなお屋敷《やしき》があって、母親はときどきそこに働きに行っていた。母は、縫《ぬ》い物が上手だったのだ。作ってくれるご飯だっておいしかった。それにとても優《やさ》しくて、笑《え》みを絶やしたことがなかった。弥助と同い年の佳代《かよ》とてそうだ。あんな、作りもののようではなく、もっと元気で、よく一緒《いっしょ》に駆け回って遊んだものだ。

思い出すにつれて涙《なみだ》がこみ上げてくる。

筵をかぶったまま、弥助はぐいと目許《めもと》をぬぐった。

ふいに、強風が駆け抜《ぬ》けた。筵があおられて飛ばされる。慌《あわ》てて手をのばした弥助の視界に、ふたつの影《かげ》が飛び込んできた。

「うわっ！」

「またかっ！」

水溜《みずた》まりに落ちてきたそれは、盛大な飛沫《しぶき》を立てて悲鳴を上げている。弥助は茫然《ぼうぜん》と立ちすくんだ。

「え…」

一方、太陰の風流でまたも吹《ふ》っ飛ばされてきた成親と昌浩は、風の流れが突然《とつぜん》変わったため着地の際に体勢を崩《くず》して水溜まりに突《つ》っ込んだ。

十二神将たちはさすがにそんなことはなく、危なげなく着地する。小柄《こがら》な玄武が少々よろめいたくらいだ。

泥《どろ》だらけになったふたりを見下ろしていた神将たちが、さすがに無言で太陰を見やった。彼女は苦虫を嚙み潰《つぶ》したような顔でそれを受ける。

「だ、だって……」

勾陣の肩《かた》に乗っていた騰蛇がじろりと睨んできたので、太陰はそのまま沈黙《ちんもく》する。

騰蛇は相変わらず物の怪の姿をしている。不満ありありの顔をしているのだから、元に戻《もど》ればいいものをと勾陣は思うのだが、本人がそうしないのだからあえて口出しはしない。

彼女の肩からひらりと飛び降りて、騰蛇は気のないそぶりで尾《お》を振った。彼は彼なりに気を遣《つか》っている。自分がそばにいると太陰の感覚が狂《くる》う。感情の動きに反応して空気が突拍子《とっぴょうし》もなく荒《あ》れ狂うのだ。それに巻き込まれるのはさすがにごめんなので、こういう移動時には勾陣か六合の陰にひそんで視界に入らないように心がけている。目を合わせないようにしているのも、そのためだ。

せっかく濡れずにすんでいたのに、成親と昌浩は見事にびしょ濡れになってしまった。しかも泥まみれだ。替《か》えの衣は持っているがそれも水溜まりに浸《つ》かってしまったので、結構難局である。

しばらく茫然としていたが、いつまでもそうやっているわけにもいかないので、ふたりは立ち上がって狩衣《かりぎぬ》の袂《たもと》を絞《しぼ》った。にごった水が滴り落ちる。

「やれやれ…ん？」

ずれた烏帽子《えぼし》を直しながらこぼしていた成親は、すぐ近くにばさりと落ちた筵と、立ちすくんでいる少年を認めた。

弥助は唖然《あぜん》とふたりの人間を見ていたが、大きいほうと目が合ったので声を出しそうになった。が、意に反して音にならない。

大きいほうが近づいてくる。弥助は今度こそ悲鳴を上げかけた。

「驚《おどろ》かせてすまない。都ではいまこういう登場が流行《はや》っているんだ」

逃《に》げ腰《ごし》になった弥助だったが、聞き流せない単語を聞いて反応する。

「…え…みやこ…？」

「そうそう。我々は都からやってきたんだが、野代様のお屋敷はどこだか知っているかい？」

雨と泥にまみれて、空から突然降ってわいた青年は、しかし不審《ふしん》感など打ち消すほど誠実そうに笑った。

「う、うん。知ってる」

おずおず頷く子どもに、成親はにこにことつづけた。

「そうか。じゃあ申し訳ないんだが、教えてもらえるだろうか。もうすぐ暗くなるから、父上か母上でもいいのだが……」

成親と子どものやり取りを見ていた昌浩たちは、あまりにも鮮《あざ》やかな成親の手腕《しゅわん》に心中で惜《お》しみない賛辞と拍手《はくしゅ》を送っていた。さすが、三人の子持ち。

「見事ねぇ、感心しちゃうわ」

本心でそう思ったのだろう。太陰の声音《こわね》に世辞のたぐいはない。隣《となり》の玄武がまったくだといわんばかりに大きく頷いている。

成親と同じように泥だらけになってしまった昌浩は、水溜まりから出て息をついた。いままとっているのは都を出たときの墨染《すみぞめ》なのだが、さすがに洗わないといけないだろう。

ふと、物の怪と目が合った。物の怪は関心のない風情《ふぜい》ですぐに視線をはずすが、昌浩はそのまま物の怪を見つめた。

どうしてまだこの姿をしているのだろう。騰蛇としては本意でないはずだ。晴明の命令だと思っているのだとしても、それに絶対の拘束《こうそく》力はない。

もし尋《たず》ねたら、答えてくれるだろうか。

口を開きかけた昌浩は、雨とは違《ちが》う水の気配を感じて目をしばたたかせた。

近くにあるという入海。その海水は真水と潮水が混じり合っていて、魚介類《ぎょかいるい》の宝庫なのだぞうだ。

風は、そちらから吹いてくる。雨はほとんどやみはじめていて、ほんの少し明るい。

昌浩は、なんとなく胸騒《むなさわ》ぎを覚えた。

海のほう。吹いてくる風と、水の気配と。その中に。

「…………！」

かすかに紛《まぎ》れた、子どもの悲鳴。

覚えのある感覚に肌《はだ》が粟立《あわだ》つ。風に乗って漂《ただよ》ってくるのは、悲鳴と、あの妖気《ようき》。

昌浩が駆け出した。僅《わず》かに遅《おく》れて勾陣と六合がつづく。

「あ、おい、昌浩？」

突然真横を通り抜けた昌浩に気づき、成親は声を上げる。それに答えたのは玄武だ。

「海から妖獣《ようじゅう》の気配がする」

簡素な返答を残し、玄武もまた昌浩たちのあとを追う。残された成親と太陰は、なにごとかと身を強張《こわば》らせている弥助に告げた。

「このまま家に帰って、出てはいけない。いいね？」

頷《うなず》きかけた弥助は、はっと目を見開いた。

「にいちゃんが…！」

入海《いりうみ》は水深二丈《じょう》にも満たない浅い海だ。水中には様々な種類の魚が棲息《せいそく》しており、水底《みなぞこ》の砂にはしじみがたくさん潜《もぐ》っている。

昭吉《しょうきち》はわらじを脱《ぬ》いで岸辺に置くと、そろそろと海に入った。膝《ひざ》まで冷たい水に浸かった辺りで足を動かし、足の裏の感触《かんしょく》で貝を探す。

「…いた」

袂が濡れないように袖《そで》をまくって水に突っ込み、砂を掻《か》いてしじみを獲《と》る。手のひら一杯《いっぱい》になるまで、そう時間はかからなかった。

母親はしじみが好きだった。昭吉が獲っていくしじみを汁物《しるもの》にしてくれて、それがとてもおいしかった。だから、しじみを獲っていけば、もしかしたら何かを思い出してくれるのではないかと、そう思ったのだ。

濡れるのも構わずにしじみを抱《かか》えるようにしながら、彼はさらに手を動かした。もう少し。冷たい水に浸かった足に、そのとき何かが触《ふ》れた。反射的に目を向けて、水面に突き出ている黒い人面と視線がかち合う。

「……っ、うわぁぁっ！」

せっかく獲ったしじみを取り落とす。ばらばらと落ちたたくさんの粒《つぶ》が水面を叩《たた》いて、小さな飛沫《しぶき》が幾《いく》つも上がった。腰が抜けて、昭吉はしりもちをつく。

ぱしゃんと音を立て、獣《けもの》が水中から上がってくる。黒い長毛に全身を覆《おお》われた、四足の獣。

それがじりじりと迫《せま》ってくる。

昭吉は手足を必死で動かして、這《は》うようにしながら岸辺に急いだ。水音が迫ってくる。獲物《えもの》を追い詰《つ》めるように、じわじわと。

あれだ。あれが、祠《ほこら》に封《ふう》じられていたものだ。あれが母やみんなを――。

唐突《とうとつ》に、怒《いか》りの炎《ほのお》が燃え上がった。意味もなく涙《なみだ》が出て、昭吉は手に触れた石を掴《つか》み、振《ふ》り向きざま投げつけた。

反撃《はんげき》を予測していなかった獣の顔面に、石は見事に命中した。ばしゃんと飛沫を上げて石が水面を叩く。獣の顔面が陥没《かんぼつ》していた。

が、獣はそのままにたりと嗤《わら》った。

海面が大きくうねって高波と化した。普段《ふだん》静かな入海が荒れ狂う。

必死で岸辺にたどり着いた昭吉の足首を、ざらついたものが摑んだ。ひっと息を吞《の》んで視線を走らせると、獣の大きな口からのびた舌が、巻きついている。

がくんと均衡《きんこう》が崩れた。飛沫が上がり、彼の下半身が海に引きずりこまれる。必死で土に爪《つめ》を立てて逃《のが》れようともがくが、まったく意味を為《な》さない。

「た、たすけて…！」

必死で暴れながら、昭吉は水を掻く。――もう、上半身まで引きずり込まれているのだ。

「母ちゃん、母ちゃん！」

しじみを、獲りに来ただけなのに。母の喜ぶ顔が見たくて、それで。

「やだよぉぉ…っ」

水に顔まで浸かる、その刹那《せつな》。

「オンアビラウンキャンシャラクタン！」

耳慣れない不思議な響《ひび》きの叫《さけ》びが、彼の鼓膜《こまく》に突《つ》き刺《さ》さった。

昭吉を取り巻く水が跳《は》ね上がり、足を引いていた力が唐突に掻き消える。反動で岸辺に投げ出された昭吉の許《もと》に、誰《だれ》かが駆《か》け寄ってきた。

「大丈夫《だいじょうぶ》か！」

咳《せ》き込みながら顔を上げると、泥《どろ》にまみれた顔があった。昭吉より幾つか年上の少年だ。

背後で水が巻き上がった。振り返った視線の先に、黒い獣が浮《う》き上がっている。水から躍《おど》り出た獣は昭吉たちめがけて牙《きば》を剝《む》いた。

怖気《おじけ》づいた昭吉を背中にかばい、少年が叫ぶ。

「ナウマクサンマンダ、バサラダンカン！」

獣が弾《はじ》き飛ばされた。大きく弧《こ》を描《えが》いて海面に落下し、しばらく上がってこない。跳ねとんだ水飛沫がここまで届いて、昭吉は震《ふる》えながら海面を凝視《ぎょうし》した。

ゆらりと、海面が大きく盛り上がる。飛沫が散った。が、どういうわけか今度は飛び出したはずの獣の姿が現れない。

耳元で風が唸《うな》った。疾風《しっぷう》のように襲《おそ》ってくる気配は確かにある。

昌浩は目を瞠《みは》った。違《ちが》う、昌浩の目に映らなくなってしまっただけだ。昭吉も怯《おび》えながら辺りを見渡《みわた》しているが、獣の姿を捉《とら》えられずにいる。

《昌浩、右だ！》

鋭利《えいり》な声が響く。一瞬《いっしゅん》遅れて昌浩が刀印《とういん》を払《はら》った。

「斬《ざん》！」

が、放たれた気合は微妙《びみょう》にはずされる。岸辺の砂が舞《ま》い上がり一条の亀裂《きれつ》が生じたが、手ごたえはない。

昌浩は唇《くちびる》を嚙《か》んだ。音と気配だけでは、やはり追いつかない。反応が遅れて決定的な攻撃《こうげき》につなげられないのだ。

六合と勾陣が昌浩たちの前方に立ち並んだ。彼らの姿は昭吉には見えない。昌浩も、気配でそうだと理解しただけだ。

神気が迸《ほとばし》るのを感じた。六合の姿が一瞬視界に映る。力を増した通力が風を生み、鳶色《とびいろ》の髪《かみ》と夜色の長布とを翻《ひるがえ》す。その左に勾陣がいる。立ち昇《のぼ》る神気が陽炎《かげろう》のように揺《ゆ》らめき、右手に携《たずさ》えた筆架叉《ひっかさ》の刃《やいば》が一瞬きらめく。

白銀の一閃《いっせん》が海面を切り裂いた。神気にあおられて獣の姿が一瞬さらされる。飛沫とともに獣の足が撥《は》ね上がった。昌浩には確かにそう見えた。だが、刃を引いた勾陣が剣呑《けんのん》に呟《つぶや》く。

「……逃したか」

「水中でも自在に駆けるか。少し、厄介《やっかい》だな」

漂っていた妖気が遠のいていく。荒《あ》れ狂《くる》っていた水面に静けさが戻《もど》り、平穏《へいおん》が辺りを満たした。

「昌浩！」

息をついていた昌浩は、駆けつけてきた成親に頷いた。

「逃《に》がしました…。あと一歩だったんだけど」

「悔《く》やむな。この子が無事なら、上出来だ」

昌浩の頭をぽんと叩いて片膝を折り、へたり込んでいる昭吉に視線を合わせて、成親は真剣《しんけん》な面持《おもも》ちで尋《たず》ねた。

「怪我《けが》はないか？」

茫然《ぼうぜん》自失の体《てい》だった昭吉に、遅れてやってきた弥助が泣きながら取りすがる。

「にいちゃん、にいちゃん…」

泣き崩《くず》れる弥助の声に引かれるように、昭吉はぼろぼろ涙を流しながら、こくりと頷いた。

たくさんの郷人《さとびと》が行方《ゆくえ》知れずになっている。そのうちの幾人かは、入海に浮かんでいたという。

泥まみれだった衣《ころも》を着替《きが》えて、ついでに顔も洗って体も拭《ふ》いた昌浩は、さっぱりした顔で息をついた。

「想像以上に深刻な状況《じょうきょう》みたいだ…」

成親と昌浩が荘官《しょうかん》野代重頼の屋敷《やしき》の門を叩いたのは、昭吉と弥助兄弟を彼らの住まいに送り届けて日がすっかり暮れてしまったあとだった。

対応に出た家人《けにん》は泥だらけのふたり組を見て、最初は無言で門を閉めた。

目の前で閉じられた門をしばらく見つめていた成親は、低く唸って眉《まゆ》を寄せた。

「……おい、十二神将。この門とりあえずぶち破れ」

「兄上っ」

慌《あわ》てる弟を見下ろして、成親は目をすがめてにやりと笑う。

「冗談《じょうだん》だ」

それを聞いた太陰たちは、いや、本気だったろう、と内心でつっこんだのだが、昌浩はほっと胸を撫《な》で下ろした。

再度門を叩き、さらに左大臣の書状を持っていると告げると、相手方の態度はやや軟化《なんか》した。門の隙間《すきま》から油紙の包みを差し入れ、待つこと四半刻。

大分待たされてしびれを切らした太陰が、先刻の成親の言葉を実行しようとした矢先に、門が開いてふたりは迎《むか》え入れられた。

荘官宅は広かった。築地塀《ついじべい》で囲まれた敷地《しきち》内には蔵や主屋《おもや》、付属屋などが並んでいる。都の邸《やしき》のように渡殿《わたどの》でつながってはいない。御厩《みまや》や大炊殿《おおいどの》とおぼしき建物もあった。そこそこ贅沢《ぜいたく》な暮らしをしているようだ。

あまりにあまりな姿だったので、最初ふたりは主屋に上げてもらえなかった。雨はやんだもののまだ厚い雲に覆われている空の下、廂《ひさし》のそばで待つように告げられる。ややおいて、下男より身なりの立派な壮年《そうねん》の男が慌てた風情《ふぜい》でやってきた。

「申し訳ない、雑色《ぞうしき》が無礼な振舞いを…」

ここ一帯の荘園管理をしている荘官の野代重頼だ。彼のあとにつづいた婦人が、召使《めしつかい》たちに着替えや湯殿《ゆどの》の指示をてきぱきとくだし、ふたりはそのまま主屋に招き入れられた。衝立《ついたて》の陰で借り物に手早く着替えた成親と重頼が別の間に移動し、残された昌浩が湯殿に案内される。

「どうぞ、お使いください」

奨《すす》められたが、兄より先に使うなどできないと固辞して、さしあたっての着替えと、桶《おけ》に水を用意してもらった。その水で汚《よご》れを洗い落として衣を着替える。

召使の女が汚れた衣を持っていく。洗濯《せんたく》をしてくれるらしい。

さらに飲み物や、ちょっとした食べ物などまで用意されて、さすがに居心地《いごこち》の悪さを感じた昌浩がうろうろとしているところに、成親がやってきた。

ほっと肩《かた》の力を抜《ぬ》いた昌浩を手招きして、成親が廂のそばに腰《こし》を下ろす。彼らふたりに用意されたのは長方形の主屋の一番端《はし》にある一間で、南と北に廂がある。廂を囲む簀子《すのこ》などはなく、廂から庭に下りることもできるようになっていた。廂と主屋の間仕切りは蔀《しとみ》ではなく板戸だ。夏場はこれをはずして御簾《みす》を下げるのかもしれない。

「荘官殿はなんと？」

昌浩が意気込んで尋ねると、成親は顎《あご》に指を添《そ》えた。

「思っていたより大変な事態だな。十二神将太陰が顔色を変えるわけだ」

太陰たちはもちろんそばに控《ひか》えているのだが、いまは隠形《おんぎょう》しているので姿は見えない。気配も感じないから、少し離《はな》れているのかもしれない。

「さっき偶然《ぐうぜん》助けた子どもたち、あれらの母親も時を遡《さかのぼ》る病だそうだ。あとな、妙《みょう》な伝承の祠《ほこら》があったらしいが、壊《こわ》されてしまったとか。その辺りから攻《せ》めるかな」

思慮《しりょ》深い顔をして、成親は昌浩をじっと見つめた。

「昌浩、まったく視《み》えないか？」

「え…うん、全然」

悄然《しょうぜん》と肩を落とす昌浩の肩を軽く叩《たた》いて、成親は破顔する。

「責めているわけじゃない、ただの確認《かくにん》だ」

持ってきた荷物を開いて、中から独鈷杵《とっこしょ》や数珠《じゅず》を取り出しながら、成親は「陰陽師《おんみようじ》」の顔をした。

「正直言って、俺ひとりではきつそうでな。助けがないと手に余りそうだ。視えないだけなら俺の力でなんとかできる。お前も戦力だからな、気を抜くなよ」

「はい」

成親は陰陽寮《りょう》では暦博士《れきはかせ》の任についている。いろいろと思惑《おもわく》が絡《から》んだ人事だったようだが、成親の実力と誠実さは本物だったので、難癖《なんくせ》をつける者はいなかったという。暦が好きだから暦道に進んだ彼だが、安倍一門の人間である以上、それ相応の力を持っている。滅多《めった》に出てこないが、退魔調伏《たいまちようぶく》の実力は折り紙つきだ。

その兄が、自分の手に余るかもしれないと判断する。おそらく相手は相当な妖力《ようりょく》を持っているのだ。

気を引き締《し》める昌浩の視界のすみに、白い姿が掠《かす》めた。はっと見やれば、廂の陰《かげ》に降りようとしていた物の怪が、視線に気づいて動きを止め首をめぐらせた。

紅《あか》い双眸《そうぼう》が昌浩に据《す》えられる。まだ、平気だとは言えない。あの目がなんの感情も映さない様を見るのはつらいし、胸が痛くなる。でも、だからといって膝《ひざ》を抱《かか》えるように縮こまっていては、兄の足手まといになるだけだ。

昌浩は物の怪から視線を外して成親を見た。

「それで、俺は何をすればいいいんですか？」

「そうだなぁ。とりあえず……」

首を傾《かたむ》けた成親は、至極真面目《しごくまじめ》な顔でこう言った。

「湯殿を借りてこい。で、今日はゆっくり眠《ねむ》って、本格的な調伏に乗り出すための英気を養え」


夜半を過ぎると、明かりを点《とも》している家もなくなって、闇《やみ》が集落を支配する。

茅葺《かやぶき》の屋根の上で、物の怪は顔をしかめていた。

漂《ただよ》う風の中に、嫌《いや》な妖気が混じっている。この集落全体を包んで、まるで縄張《なわば》りだと主張しているようだ。通常であれば小さな妖《あやかし》がうろついていそうなものだが、まったく姿が見られない。この出雲は神の膝元だ。それなのに神霊《しんれい》の気配もないとは。

夕刻の妖獣《ようじゅう》。あれももちろん素早《すばや》く、強い妖力を放っていた。だが、ここまで広範囲《こうはんい》に影響《えいきょう》を及《およ》ぼすほどの力を持っているとは思えない。

「……ならば……」

先日、騰蛇の炎《ほのお》で灰塵《かいじん》と化した人面の獣《けもの》。水の気をはらんだ妖気を振《ふ》りまくあれは、一匹《ぴき》ではなかったのだ。夕刻に取り逃がしたもう一匹のほかにも複数匹いるのではないかと、直感が訴《うった》えてくる。

思案に暮れる物の怪は、自分が腰を下ろした屋根の下で眠っているはずの子どものことを考えた。

晴明の孫でありながらまったくの役立たずだと思っていたが、夕刻は別人のようだった。狙《ねら》いはいささか見当はずれではあったが、退魔調伏の力を有しているようだ。それも、生半《なまなか》な力ではない。

ただ、見鬼《けんき》の才がないらしい。そこだけが悔《く》やまれる。力だけなら、成親などよりはるか上を行くだろうに。

そう考えて、物の怪は瞬《まばた》きをした。

彼の記憶《きおく》にある成親は、もっと小さい。元服したばかりの頃《ころ》で、幼さの抜けきっていない風《ふう》貌《ぼう》だった。成親も、彼の弟の昌親も、騰蛇を恐《おそ》れて歩み寄ってくることはなかった。騰蛇自身もいたずらに驚《おどろ》かせて泣かせるのは気分が悪いので、時折何かの拍子《ひょうし》に姿を見かける程度だった。晴明が騰蛇を人界に召喚《しょうかん》することは滅多になく、ほかの神将たちのように用もなく顕現《けんげん》するような性格でもなかったから、時間の感覚があやふやになっていたのかもしれない。

神将の彼にしてみれば、十年などあっという間だ。誕生してからの歳月を思えば、本当にささやかな時間。

そのささやかな年月が欠けているだけで、これといった大事ではない。

何かあったのであれば、帰京してから晴明に尋《たず》ねればすむ。

そう結論づけて、騰蛇は空を見上げた。

曇天《どんてん》の夜空は黒に近い灰色で、あまり気分が優《すぐ》れない。晴れ渡った空を見たかったら、早く都に、晴明の許に帰るべきだろう。

成親の仕事がすめば、彼らは帰京する。ならば、自分のためにも手を貸すべきなのかもしれない。

騰蛇の知らない間に誕生していた子どもの顔が、一瞬脳裏《のうり》にちらついた。

いつもいつも、騰蛇と視線を合わせると強張《こわば》って動きを止める。瞬《また》くことを忘れた瞳《ひとみ》が揺《ゆ》れそうになるので、いつも騰蛇から先に目を逸《そ》らす。

子どもは嫌《きら》いだ。怖《こわ》いのならば、気にかけなければいいのに。物陰に隠《かく》れていても、勘《かん》がいいのかすぐに気がつくようだ。

物の怪は、自分の姿を無感動に見下ろした。白く、小さく、まるでただの動物のような姿。

こんな偽《いつわ》りの姿など、騰蛇の本意ではない。だが、思うのだ。

この小さな姿だったら、本性《ほんしょう》でいるよりは、威圧《いあつ》感や恐怖《きょうふ》心を与《あた》えずにすむかもしれない。

騰蛇は子どもが嫌いだった。

同じように、子どもは騰蛇を忌《い》み嫌う。一部の十二神将のように。だから、係わり合いを持ちたいとは思わない。

そして、意味もなく嫌われる自分自身の苛烈《かれつ》な神気のことも、疎《うと》ましいと思うのだった。

8

弥生《やよい》半ばの都は、少しずつあたたかさを増している。

簀子《すのこ》に出てのんびりと日向《ひなた》ぼっこをしながら書物を繰《く》っていた晴明は、背後に降り立った神気に気づいて手をとめた。

振り返らずに呼びかける。

「白虎か、どうした」

それまで何もいなかった空間に、たくましい体軀《たいく》の神将が顕現する。十二神将金将《きんしょう》白虎。太陰と同じく風を司《つかさど》る。

「太陰から風が送られてきた」

「ふむ」

「出雲の山代郷に入り、早々に妖獣と一戦交えたそうだ。どうやら原因はこの妖獣だということで、成親と昌浩が今日から対策を講じるらしい」

「入った早々か。それはまた派手《はで》な郷入りだのぅ」

ぱたんと書物を閉じて感心したように頷《うなず》いていると、さらに報告がつづけられた。

「それと、昌浩の『眼《め》』が失われてしまったそうだ」

晴明の肩《かた》がぴくりと反応する。

「気丈《きじょう》に振舞《ふるま》っていたが、成親が到着《とうちゃく》して気がゆるんだらしい。体力はほぼ快復しているので、あとは本人の気持ち次第《しだい》だろうな」

言い終えた白虎にしばらく控《ひか》えているよう言いつけて、晴明は熟考した。

若菜が言っていたのは、見鬼の才か。なるほど、確かに昌浩にとっては代え難《がた》い大事なものだ。

だがもしその結果がわかっていたとしても、昌浩が選んだのは同じ道だっただろう。彼の孫は一度決めた道を翻《ひるがえ》したりはしない。

「………白虎」

人々が使う文よりも、ずっと早く己《おの》れの言葉を届けられる手段を持つ晴明は、背後に控える十二神将に向き直った。

「太陰に風を。聖域に使者を立てねばならなくなりそうだ」

昼近くになって、成親と昌浩は昭吉たちの住まいを訪ねた。

一晩経《た》ったのと、成親が気休めにと呪符《じゅふ》を置いていったおかげで、ちゃんと眠《ねむ》れたようだ。

ふたりとも血色のよい顔で成親たちを出迎《でむか》えた。

「あ、おじさん！」

訪《おとず》れた成親を見て、弥助がはしゃいだ声を上げる。それを聞いた昌浩は、そうか、おじさんなのか、となんの脈絡《みゃくらく》もないところで妙《みょう》に感心した。

とうの成親は実際子どもが三人いるので気にしたふうもなく、笑顔《えがお》で応じて弥助の頭を撫《な》でる。彼は元来子どもが好きなのだ。

あとから出てきた昭吉は、あ、と口を開けてふたりにぺこりと頭を下げた。特に昌浩には危ないところを助けてもらった自覚があるので、心持ち丁寧《ていねい》だ。

ふたりの父親はいま畑に出ているという。本当は挨拶《あいさつ》をしてからいろいろと尋ねたいこともあったのだが、後回しにするしかなさそうだ。

「仕事の邪魔《じゃま》をするのもなんだしなぁ」

僅《わず》かな時間で心を決めたのか、成親は昌浩を振り返った。

「俺は郷の長老に会いに行ってくる。お前はふたりの相手をしていてくれ」

十二神将をひとり借りていくぞ、と言い置いて、成親は玄武を伴《ともな》っていく。一番扱《あつか》いが易しそうだと考えたのだろう。実際同行している中ではもっとも馴染《なじ》みやすいのかもしれない。

近くに隠形《おんぎょう》しているはずの六合と太陰の顔を頭に浮《う》かべて、昌浩は思案した。勾陣と騰蛇は野代の屋敷《やしき》で待機している。

「野代の殿《との》さまのところにいるんだろ？　すごく広いけど、あの中ってどうなってるんだ？」

昌吉たちにとっては、野代重頼は住む世界の違《ちが》う人だ。築地塀《ついじべい》で囲まれた敷地内《しきち》がどんなふうになっているのか、気になって仕方がないらしい。

「茅葺屋根《かやぶき》の主屋《おもや》とか、付属屋があるよ。厩《うまや》も。縫物所《ぬいもの》みたいなのもあって、郷《さと》の女性が働きに来てるみたいだったけど…」

昌浩がそう答えると、昌吉の顔に影《かげ》が差した。目を伏《ふ》せて肩を落とす昌吉の横で、弟の弥助も顔を歪《ゆが》める。

ふたりの様子が一変したので、昌浩は慌《あわ》てた。自分は何か失言をもらしたのだろうか。

「あの、俺、何か悪いこと言ったかな？」

昌吉は弾《はじ》かれたように顔を上げ、ぶんぶん首を振《ふ》った。

「違うよ！　ただ、お屋敷に、よく母ちゃんが仕事しに行ってたから…」

語尾《ごび》が小さくなる。傷ついた目をした昌吉を見ていた昌浩は、昨日獣《けもの》に捕《と》らえられ水底に引きずり込まれそうになった彼が、何度も何度も引き攣《つ》った声で母親を呼んでいたのを思い出した。

彼らの住まいは小さく一間しかない。入り口にかかった筵《むしろ》の隙間《すきま》から中が窺《うかが》える。仕事に出ているという父の姿は当然なく、そして母親らしき人影も見当たらなかった。

「きみたちの母上は…？」

そっと問いかけると、兄弟の顔がさらに歪む。兄の袂《たもと》をぐっと摑《つか》む弥助の衣《ころも》に、大きな裂《さ》け目ができているのを認めて、昌浩は手をのばした。

「これ、破れちゃってるね」

しゃがんで衣の裾《すそ》に触《ふ》れると、洗いざらした硬《かた》い繊維《せんい》がごわごわしている。よく見ると衣のあちこちにそうした破れ目があったが、それらはすべて丁寧に繕《つくろ》われていた。

「かあちゃんが、なおしてくれるっていってたんだけど……」

それきり黙《だま》りこむ弥助に代わり、昭吉が口を開いた。

「母ちゃんは、郷のはずれにいるよ。………でも、俺たちのこと、覚えてないんだ」

「あ…」

思わず目を瞠《みは》る昌浩の腕《うで》を摑んで、昭吉は歩き出す。

「兄ちゃん、昨日俺のこと助けてくれたよね。兄ちゃんたちは都から来たんだよね？　都にはものすごく偉《えら》くて、何でもできるお役人がいるって殿さまが言ってた。兄ちゃんがその人？」

ひどく真剣《しんけん》な面持《おもも》ちで自分を見上げてくる昭吉に、昌浩は少し躊躇《ためら》ったあとで、多分と首肯《しゅこう》する。と、ふたりの顔がぱっと明るくなった。

「じゃあ、かあちゃんをなおせる？」

「佳代ちゃんも、太一も、すずねえちゃんも、治る?」

両手を兄弟に摑まれて、昌浩は半ば引きずられるようにどこかに向かう。

ふたりの目があまりにも期待に満ちていて、わからないとは言えなかった。

おそらく、兄弟が言っているのは、心の時が遡《さかのぼ》ってしまった者たちのことだろう。あるいは、生きたまま人形のようになってしまった者のことか。

郷のはずれまでやってきた三人は、数丈先に小屋が見えたところで立ち止まった。草葺《くさぶき》の小さな小屋で、ほどなくして中から細身の女が姿を見せる。

兄弟は昌浩を引きずって、慌てて木陰《こかげ》に身を隠《かく》した。気づかれないように見つめていると、女は手桶《ておけ》を持って森の中に入っていく。

「清水があるんだ」

昌吉の言葉で合点がいく。少したってから、女は手桶を両手で抱《かか》えながら戻《もど》ってきた。そのまま小屋に入っていく後ろ姿をじっと見ていた弥助が、ぽつりと言った。

「……あれが、おれたちのかあちゃん。でも、おれたちのことおぼえてなくて…」

「きっと、祠《ほこら》の化け物が母ちゃんをあんなふうにしちゃったんだ」

悔《くや》しげに唇《くちびる》を震《ふる》わせる昌吉の言葉を聞きとがめて、昌浩は問い返した。

「祠の、化け物?」

ふたりは大きく頷いた。

郷のはずれに石造りの祠があった。絶対に近づいてはいけないとされていたその祠が、先日見る影もなく壊《こわ》れていた。

「昔、白い神さまが悪い化け物を封《ふう》じたんだって、長老が言ってた。だから、誰《だれ》も近づいたらだめだって」

壊れた祠の前に、佳代と母は倒《たお》れていて、ふたりがおかしくなったのはそれからだ。

そして、同じ頃《ころ》から、時逆《ときさか》の病にかかる者や、心が壊れて動かなくなってしまう者が現れだした――。

集落に引き返しながら、昭吉はぽつぽつと言葉をつなぐ。

「父ちゃんが、別の郷にいる偉いひとに助けてくれって頼《たの》みにいったんだけど、その人は見つからなくて。どこにもいなくなっちゃったんだって、誰かが言ってたよ」

「ちしきのそーしゅさま、ていうひと」

兄弟の言葉に、昌浩が絶句する。智鋪の宗主といえば、つい先日自分たちが倒した相手ではないか。

昌浩たちにとっては悪辣《あくらつ》な存在だったが、この地では宗主は確かに崇《あが》められていたのだ。奇《き》跡《せき》を起こす絶対の存在として。宗主の所業はいまでも許せないし、心のよりどころとしている者たちがいるのを知っても自分たちは決着をつけることを余儀《よぎ》なくしただろう。しかし、彼らの希望を奪《うば》ってしまったのは、紛《まぎ》れもなく自分たちだ。

《……複雑な心境よね、こういう話を聞くと》

太陰の述懐《じゅっかい》に黙然《もくぜん》と頷《うなず》き、昌浩はそっと息を吐《は》いた。

果たして自分たちに、彼らの母親や郷人たちを救う手立てはあるのだろうか。成親がいるとしても、そういう心の病などは専門外だ。狐憑《きつねつ》きや犬神憑きだというなら根本の原因を取り除けばすむが、この場合はそういうものとも違う。

「あの化け物をやっつければ、元に戻ってくれるよね？」

希望を込《こ》めて昌浩を見つめる昭吉に、昌浩は困ったような笑みを返した。

「う…ん。できるだけのことを、やってみる」

できるとは、断言できない。化け物を倒しても、本当に元に戻るという保証はどこにもない。

だが、大切な人に忘れられるつらさを昌浩は誰よりもよく知っているから、できるだけのことをしようと決意した。

「やっつけたら、おもいだしてくれるよね？」

念を押す弥助に、昌浩は黙って笑った。無性《むしょう》に泣きたくなる。

思い出してほしい。忘れないでほしい。この子たちのように、声に出してそう言いたい。

母親を奪われた幼な子が、ぬくもりを求めて泣くように。小さな手を精一杯《せいいっぱい》にのばして追いすがるように。

それができたら、もっと楽になれたのだろうか。

忘れていいよ。その言葉は自分が確かに発したもので。つらいことを覚えていなくていいと、本心からそう願ったのも事実で。

けれども、忘れないでと心の奥底が泣いているのもまた——真実なのだ。

成親が訪ねていくと、郷の長老は胡散臭《うさんくさ》いものを見る目つきで、値踏《ねぶ》みするように上から下までじっくり眺《なが》めたあと、ひとこと入れと告げた。

「ではお言葉に甘えて」

ひょこひょこと長老の後について仕切りの筵をくぐり抜《ぬ》け、むき出しの地べたにすとんと腰《こし》を下ろす。

狭《せま》い家の中には僅《わず》かな家具と木箱があり、着替《きが》えなどの日用品はその中にしまってあるのだろう。あとは、丸められた筵の束が数本壁際《かべぎわ》に積んである。これが寝具《しんぐ》だ。一般《いっぱん》的な地方の庶《しょ》民《みん》は、いまでも土間で生活している。

冬は寒そうだなぁと胸中で呟《つぶや》いていると、長老は水瓶《みずがめ》から冷たい水を汲《く》んだ椀《わん》を無造作に差し出してきた。

「ああ、ありがとうございます」

礼を言って受け取り、喉《のど》を潤《うるお》す。冷たさが臓腑《ぞうふ》に染《し》みて、うまい。

「聞きたいことはなんだ」

白髪《はくはつ》で白髭の、随分年嵩《ずいぶんとしかさ》の老人だ。試《ため》しに年を尋《たず》ねると、なんと彼の祖父より若かった。八十を数えるというのにかくしゃくとしている祖父の姿を思い出して、成親は乾《かわ》いた笑《え》みを浮《う》かべた。さすが、ばけものじみたところは母親だったという狐の血筋か。

とすると自分にもその血が流れているということになるのだが、その辺りはあえて考えず、成親は本題を切り出した。

「最近、心が壊れてしまったり、遡ってしまう人が続出しているそうですが、何か心当たりはありますか？」

ずばり切り込むと、長老は顔をしかめた。

「心当たりなどというものではない、原因は誰が見てもはっきりしとるわ」

節くれだった手をのばし、長老は重々しく断言した。

「祠が壊されて、封じられていた化け物が逃《に》げ出したんじゃ。あれほど近づいてはならんと言い含《ふく》めておったのに……！」

核心《かくしん》を突《つ》いた台詞《せりふ》だ。正直ここまで迅速《じんそく》に結果が出るとは思っていなかった成親は、本音では唖然《あぜん》としつつ口を開いた。

「その、祠について、存じていることを教えていただきたいのです。傾向《けいこう》と対策のために」

「お前は何者だ」

「この周辺一帯の所有者であられる領家に命じられて、この事態をなんとかするために派遣《はけん》されてきた都の陰陽師《おんみようじ》です」

「坊主《ぼうず》か？」

「いえ、陰陽師」

「神主《かんぬし》とも違《ちが》うのか」

「ええ、陰陽師です」

「智鏞《ちしき》の宗主《そうしゆ》とかいうのとも」

「違います。全然まったく違います。一切関係ありません」

ここまで応酬《おうしゆう》したあとで、長老は胡乱《うろん》な様子で斜《はす》に構えた。

「そのおんみょうじとかいうのは、何ができるんだ」

「む………。――とりあえず、星占《ほしうら》とか作暦《さくれき》とか、天気予報に病魔《びようま》退散快復祈願《きがん》、縁《えん》結びから立身出世の禁厭《まじない》に、物忌《ものいみ》や行《ゆ》き触《ぶ》れの祈禱《きとう》、その他諸々《もろもろ》幅広《はばひろ》く取り扱《あつか》っておりますが、今回は多分一応化け物退治ですね」

「……そうか。多分でも一応でも、なんとかできるなら問題ない。なんとかしてくれ」

しばし唸《うな》ってからすらすら並べた答えが気に入ったらしく、長老はしきりに頷いている。

「ええ、できるだけなんとかしたいので、その祠、ですか？　それに化け物が封じられた経緯《いきさつ》などを御存知《ごぞんじ》でしたら、それも教えていただきたい」

長老は腕《うで》を組んでしばらく考え込んだ。遠い昔の記憶《きおく》を手繰《たぐ》り寄せるように目を閉じている。

やがて老人は、ゆっくり瞼《まぶた》を開き重々しく語りだした。

「わしも、それほど詳《くわ》しいわけではない。物心ついた頃からわしのじさまに『あの祠《ほこら》には化け物とその手下が封じられているから、絶対に近づいてはいかん』と教えられた程度だ」

祠を誰が作ったのか。誰が化け物を封じたのか。そんなことは考えたこともなかった。

成親は眉《まゆ》をひそめて指摘《してき》した。

「化け物とその手下？　一体だけではない？」

「詳しくは知らんよ。ただ、じさまはそう言っとった。化け物が出てきたら大変なことになる、とな。実際、あの祠が壊れてから、人死には出るわ病は出るわで、偉《えら》いことだ」

入海《いりうみ》に浮かぶのは、行方《ゆくえ》知れずになった男たち。女子どもは心がおかしくなる。

まったくなぁと、老人は痛ましげに息を吐いた。

「わしのような老いぼれではなく、あんな小さな子や、可愛《かわい》い盛《さか》りの子を持つ母親があんな目に遭《あ》うとは。天という奴《やつ》はいったい何を見とるのか」

出雲が神域で、神が本当にいるのなら、この惨状《さんじょう》を見て何もしないのはなぜだ。人間は取るに足らないものだとでもいうのか。

老人の言葉に、成親は心から同意した。

まったく、神が本当に存在しているならば、どうして見て見ぬふりをしているのか。

風が強くなってきた。太陰が何かしたわけではなく、自然に空気が動いているのだ。

空を見上げると、雲が流れている。明日辺りは久しぶりに青空が姿を見せてくれるかもしれない。

玄武や太陰よりさらに見た目が幼い弥助が、昌浩の左手を摑《つか》んで歩く。昭吉は太陰と同じくらいに見えるから、八つかそこらかもしれない。

正月に会った左大臣家の嫡男《ちゃくなん》が九つだったが、彼より昭吉のほうがよほど心根が優しいしっかりしている。あの若君にも弟や妹がいるのだが、この違いはなんとしたことか。

「やっぱり環境《かんきょう》の違いか…」

なんとはなしに呟いた昌浩を振《ふ》り返って、昭吉が指を差した。

「ほら、あれが祠。ばらばらだけど、石は残ってる」

昌浩は、兄弟たちに頼《たの》んでくだんの祠まで案内してもらったのだ。『眼《め》』は視《み》えないが、気配や力の片鱗《へんりん》だったら感じ取れる。何も手がかりがないよりは、できることをしたほうがはるかにましだ。視えないことに対する不安がないわけではないが、六合と太陰がいるから何かあっても対処できる。

「……大きいにいちゃん、あそこに行くの？　おれたちも……？」

不安そうにしている弥助の手を放し、小さい頭をひと撫《な》でして昌浩は首を振った。

「ううん、ここで待っていいよ。俺ひとりで見てくるから」

「でも、あぶないよ？　大きいにいちゃんまでかあちゃんたちみたいになったら、おれやだよ」

泣きそうな顔をして訴《うった》えてくる弥助の手を昌吉に握《にぎ》らせて、昌浩は笑う。

「大丈夫《だいじょうぶ》だよ。ちょっと様子を見たら、すぐ戻《もど》ってくるから。お兄ちゃんと一緒《いっしょ》にここでじっとしてるんだ」

六合に子どもたちのそばにいるよう指示して、昌浩は太陰を伴《ともな》って祠の残骸《ざんがい》に歩み寄った。

近づくに連れて、異様な気配が色濃《いろこ》く残っているのがわかった。肌《はだ》を刺《さ》す妖気《ようき》だ。祠が壊れてひと月以上経っているという話だったのに、残滓《ざんし》がこれほど強いとは。

「封《ふう》じられていたのは、大分妖力の強い妖《あやかし》だわ。……昨日の奴は、ここまでじゃなかった」

浮遊《ふゆう》した太陰が昌浩の肩越《かたご》しに祠の残骸を覗《のぞ》き込む。昌浩だけに見えるよう神気を強めているので、兄弟たちには彼女の姿は見えていないはずだ。こういうところは、十二神将たちは大変に器用だと、昌浩はときどき感心する。

瓦礫《がれき》を掻《か》き分けてみると、真っ二つに割れた白い石が出てきた。その下に石の円周よりずっと小さな穴が穿《うが》たれている。腰を折って覗き込んでも底が見えない。ためしに石を落として耳を澄《す》ましたが、地面に当たった音は聞こえてこなかった。

「深いな……」

穴に手のひらをかざして目を閉じる。何か手がかりになりそうなものは残っていないか、感覚のすべてを最大限に研《と》ぎ澄ます。

石の波動が手のひらに伝わってきた。真っ二つの白い石。平たく重いそれが、おそらく封じだったのだ。石に微弱《びじゃく》な力が残っていて、それが発する脈動が手のひらを突く。

ふいに、閉じた瞼の裏に白い光が広がった。

眩《まばゆ》い閃光《せんこう》の中に、昨日の妖獣《ようじゅう》ともう一体、別のものが蠢《うごめ》いている。

――……れ……！

猛《たけ》り狂《くる》い咆哮《ほうこう》する化け物。叩《たた》きつけられる妖力は強靭《きょうじん》で重厚で、押し潰《つぶ》されてしまいそうになる。人面の獣《けもの》がその周囲を飛び回り、何かに一斉《いっせい》に飛びかかっていく。

「――……！」

化け物と対峙《たいじ》しているもの。それを「視」たと思った瞬間《しゅんかん》、昌浩の体の奥底で、何かが音を立てて跳《は》ね上がった。生じた脈動が全身を貫《つらぬ》き、息が詰《つ》まって僅《わず》かによろめく。

「昌浩っ⁉」

よろけた昌浩の手を、太陰が摑んで引き寄せる。くずおれそうになった昌浩を支えて、太陰は彼の顔を覗き込んだ。

「ちょっと、どうしたの？　昌浩、返事をしなさい。昌浩ってば！」

瓦礫の山に膝《ひざ》をつき、白い石に手を触れて、昌浩は微動だにしなかった。凍《こお》りついた瞳《ひとみ》に宿る光が拡散し、囚《とら》われたようにして表情が掻き消える。

胸よりさらに奥深いところ。魂《たましい》の底ともいうべき場所で、不穏《ふおん》な炎《ほのお》がちろりと揺《ゆ》れる。仄白《ほのじろ》く、氷のように冷たい炎が――――。

「昌浩っ、こらっ」

太陰の声音《こわね》に焦燥《しょうそう》が広がった。おかしい、こんなふうに硬直《こうちょく》するなど異常だ。呼んでも揺すっても反応がない。昌浩の目は近くを見ていない。何も見ていない。瞼が開いているだけで、自我が消えている。

これはなに？　いったいどうしたっていうの!?

「六合…っ！」

離《はな》れた場所で子どもたちを守っていた六合が、必死の響《ひび》きを聞いて軽く眉を寄せる。ちらりとふたりの頭を見下ろし、六合は太陰に視線を向けた。

「昌浩が、変なのよ！」

少女の叫《さけ》びが聞こえているはずなのに、昌浩はまったく動じない。膝をついたまま、まったく反応を示さない。

五感のすべてが遮断《しゃだん》された白い闇《やみ》の中で、昌浩は茫然《ぼうぜん》と「視」ていた。

化け物たちを無造作に打ち倒《たお》し、とどめも刺さずに封じるもの。逆光になっているようにして、その容貌《ようぼう》は判然としない。

だが、本能より深い場所が共振《きょうしん》する。胸の奥で白い炎が燃える。

どくん。

心臓が激しく脈動した。

野代屋敷《やしき》の主屋《おもや》の屋根上で寝《ね》そべっていた物の怪は、ぴくりと耳を動かし顔を上げた。

屋敷より東側、郷人《さとびと》の集落がある場所よりも、離れたところ。

不穏な気配が生じている。

立ち上がって胡乱《うろん》気に眉をひそめ、物の怪はうっそりと呟《つぶや》いた。

「……なんだ…？」

化け物の妖気ではない。妖獣のものとも違《ちが》う。近隣《きんりん》に棲息《せいそく》している妖のそれとも別物だろう。

人の霊力《れいりょく》などとももちろん異なる。

彼がいままで感じたことのない力だ。微弱だが、確かにそれが肌を刺す。

同時に、屋根から見える入海の水面が大きく蠢いた。

「――騰蛇」

勾陣が物の怪の近くに姿を見せる。物の怪は彼女をちらりと一瞥《いちべつ》し、それから視線を海に投じた。

「昨日の妖獣が、どこかに向かったな」

頷《うなず》き、勾陣は妖気の軌跡《きせき》を手繰《たぐ》って軽く目を瞠《みは》った。

「……神気…昌浩のところか」

同胞《どうほう》の気配を捉《とら》え、彼女は身を翻《ひるがえ》す。何も言わずに姿を消した勾陣を目で追い、物の怪は忌《い》ま忌《いま》しげに息をつくと、屋根から飛び降りた。

妖獣の軌跡を追いながら、物の怪は訝《いぶか》しげに海を眺《なが》めやる。

人間たちの心をいじる、そんな力があの獣たちにあるのか。先日炎で焼き捨てたとき、ならばなぜ妖獣はその力を自分たちに用いなかったのか。

成親とその弟は、一連の事態を解決するためにこの地にやってきたのだという。自分がそれに同行しているということは、力を貸さなければならないということだ。成親はともかく、弟のほうは中途半端《ちゅうとはんぱ》な力しか持っていないようだから、晴明が十二神将たちをつけた。そんなところだろう。

先日の妖獣が襲撃《しゅうげき》してきた折のことが脳裏《のうり》をよぎる。勾陣と六合にかばわれて、何もできず翻弄《ほんろう》されていた子ども。いつもいつも物言いたげにしながら、いざ目が合うと口を閉ざし怯《おび》えたように顔を強張《こわば》らせる子ども。

そんな顔をするなら、ひとこと帰れと言えばいい。

勾陣や太陰たちは、あの子どもを名前で呼んでいる。何度も何度もその名を聞いているはずなのに、どういうわけか騰蛇の心にその名が刻まれることはない。常に耳をすり抜《ぬ》けて、気がつけばなんという名だったのかを忘れている。

名前というのは一番短い呪《しゅ》なのだと、若き日の安倍晴明が言った。忘れてしまうほどその呪は無力なのだろうか。

あの子どもは、それだけの力しか持たない子どもだということか。

晴明の顔や成親の顔はすぐに思い浮《う》かべることができるのに、実際に目で見なければあの子どもの容姿はわからなくなる。

まるで何かの禁厭《まじない》にでもかかっているかのように、ひとりだけ。

それがどういうことなのか、考えようとも思わない不自然さ。

騰蛇はそれにすら気づかなかった。

時を止めてしまったような昌浩の様子に、太陰は動揺《どうよう》していた。

「ど、どうしよう。何が起こったのよ。昌浩、昌浩ってば、ねぇ返事してよ…！」

いよいよ横面《よこつら》を張り倒してみようかとも思ったが、十二神将の理《ことわり》を考えて躊躇《ちゅうちょ》する。どこまで許されるのか、彼女はその範疇《はんちゅう》を知らない。以前朱雀《すざく》が、陰陽寮《おんみょうりょう》の役人である藤原敏次《ふじわらのとしつぐ》を殴《なぐ》り倒したそうだが、それくらいだったら理に触《ふ》れないのだろうか。

「だったら、叩くくらいは大丈夫かしら。よ、よし」

呼吸を整えて息を詰め、太陰は目を閉じて手のひらを振《ふ》りかぶった。

「………っ」

昌浩の横面を張り飛ばす寸前で、太陰の手はぴたりと止まった。突如《とつじょ》として生じた妖気が彼女の手を止めたのだ。

太陰はばっと振り返った。入海の方角。漂《ただよ》ってくるのは妖気を帯びた風。

子どもたちの傍《かたわ》らにいた六合の全身に緊張《きんちょう》がみなぎる。接近してくる速度が凄《すさ》まじい。妖力の源はひとつではない。複数の獣がうねりあいながら疾走《しっそう》してくるのがわかる。

「太陰、子どもたちを連れて行け」

白銀の槍《やり》が六合の手に顕現《けんげん》する。風上を睨《にら》み据《す》える六合に、しかし太陰は首を振った。

「だめよ、だって昌浩が動かない」

「なら、三人まとめて……、っ」

言い差し、六合は視界のすみに掠《かす》めた黒点を無意識の動作で薙《な》ぎ払《はら》った。

横合いから昌吉と弥助を狙《ねら》って飛び出した妖獣《ようじゅう》が、白銀の刃《やいば》に払われてもんどりうつ。撥《は》ね飛んだ仲間の体を飛び越《こ》えて、新たな妖獣が躍《おど》り出た。耳障《みみざわ》りな鳴号を響かせて牙《きば》を剝《む》く、その顔に向けて六合はまっすぐ刃を突《つ》き出す。切っ先に手ごたえを感じた瞬間柄《しゅんかんつか》を撥ね上げ、空に放《ほう》り上げられた四肢《しし》めがけ、横殴りの斬撃《ざんげき》を繰《く》り出す。

何が起こっているのか理解できないふたりの子どもは、恐怖《きょうふ》で声もなく身を寄せ合っていた。すぐ間近に獣が接近して声にならない悲鳴をあげる。それが何かに払われて撥ね飛ばされた。ほっと息をつく間もなく、今度は別の獣が躍り出て咆哮する。ふたりは声もなく目を閉じた。

「まずいわ…っ」

太陰は慌《あわ》てて昌浩の襟足《えりあし》を摑《つか》んだ。

「ちょっと、正気に戻《もど》ってよ、昌浩！」

閉ざされた心の奥で、昌浩は恐《おそ》ろしい声を聞いている。

——……貴様…必ず……！

呪詛《じゅそ》にも似た重く冥《くら》い唸《うな》りが木霊《こだま》する。ぼろぼろの体で転がっている五匹《ひき》の妖獣と、それを無造作に一瞥するもの。逆光の中で、化け物の唸りを聞いたそれは、ほんの僅《わず》か唇《くちびる》を吊《つ》り上げた。

どくんと、胸の奥が跳《は》ねる。強さを増す白い炎が、開かれた瞳《ひとみ》の奥に揺れている。

昌浩を包む異様な雰囲気《ふんいき》に気圧《けお》されて、太陰はごくりと喉《のど》を鳴らす。これはなんだ。何が起こっているのだ。

昌浩は、道反《ちがえし》の聖域で一度命を絶たれた。それと何か関係しているのだろうか。だがどうして、よりによってこんなときに。

歯嚙《はが》みしながら視線を走らせる。襲撃してきた妖獣は四匹。うちの一匹は前足が一本欠けている。間違いなく、昨日の奴《やつ》だ。

妖獣の動きはあまりにも速く、動きを捉えて襲撃を受け流すだけで精一杯《せいいっぱい》、反撃の余地がない。六合ひとりでは手に余るのだ。それに六合は無力な子どもを背後にかばっている。あれが枷《かせ》になっているのだ、なんとかしなければ。それこそ、先ほど彼が言いかけたように、三人まとめて竜巻《たつまき》で空に放り上げるか。

鋭利《えいり》な爪《つめ》が六合の斬撃をかいくぐり、幼い子どもにかかった。

引き攣《つ》れた悲鳴が轟《とどろ》く。六合が息を呑《の》んだ。太陰が咄嗟《とっさ》に鎌鼬《かまいたち》を放つが、届かない。

太陰の鎌鼬が地をえぐって土砂《どしゃ》を巻き上げた。降り注ぐ土くれをすり抜けて、妖獣よりも髪《かみ》一筋速く、白い獣《けもの》が子どもを掠め取る。

空を裂《さ》いた爪を、その足もろとも刃が叩《たた》き落とす。千切れ跳《と》んだ腕《うで》の切断面から黒い粘液《ねんえき》が撒《ま》き散らされて、残った子どもに降りかかる寸前で夜色の長布がそれを払う。耳の近くで響《ひび》いた布の音に、弥助はびくりと肩《かた》をすくませた。

足を失った妖獣めがけて、爆発的《ばくはつ》な通力が叩きつけられる。獣の体が木っ端微塵《こっぱみじん》に砕《くだ》け散った。衝撃《しょうげき》が子どもたちの体を叩き、彼らはますます萎縮《いしゅく》した。

間一髪《いっぱつ》で昭吉を救ったのは、駆《か》けつけた物の怪と勾陣だ。

昭吉の襟足をくわえていた物の怪が、引き倒《たお》した子どもを解放して剣呑《けんのん》に言い放つ。

「何をしている」

冷たい声音を涼《すず》しい顔で受け流し、六合は視線だけで昌浩を示した。

「様子がおかしい。そこに妖獣が現れた」

「昌浩？」

怪訝《けげん》そうな勾陣の黒曜の双眸《そうぼう》が、まったく反応しない昌浩に注がれる。その声を聞いて物の怪は、ああ昌浩という名なのかと、初めて聞いたような顔をした。

だが、それを気にかけていたのは一瞬で、ひと呼吸の間に彼の脳裏からその名は霧散《むさん》する。

どうあっても、手のひらから水がこぼれるように残らない。

耳をつんざくような咆哮《ほうこう》が轟いた。残った三匹が同時に牙を剝く。彼らは標的を子どもから昌浩にすり替《か》えて、神将たちの死角を瞬時にすり抜け疾風と化した。

が、昌浩の傍らには十二神将太陰がいる。子どもたちを気にせず本気で対峙《たいじ》して構わないなら、彼女は凄まじい破壊《はかい》力を見せる。

「なめるな―――っ！」

突進してきた妖獣の顔面めがけて、風の鉾《ほこ》が突き出される。正面からそれを食《く》らった一匹が口から裂けてぼろぼろと崩《くず》れた。あとの二匹がそれを見て躊躇するそぶりを見せたが、ここで情けをかけるほど十二神将たちは甘くはない。

「逃《に》がすもんですかっ！」

怒号《どごう》一発、太陰の竜巻が妖獣を取り巻き撥ね上げた。獣たちは懸命《けんめい》に足掻《あが》き、命からがら死の風から抜け出す。

全身のいたるところを切り刻まれて、それでもなお妖獣の足は十二神将を凌駕《りょうが》する速度を持ち、彼らは疾風のごとき迅速《じんそく》さでその場から逃げ延《の》びた。

取り逃がした太陰は地団太《じだんだ》を踏《ふ》んで悔《くや》しがったが、妖獣たちの行く先はわかっている。仕留められなかったのは少々痛いが、入海に追撃をかけるより先にすることがあった。

「昌浩、おい、昌浩」

勾陣が昌浩の頬《ほお》を軽く叩く。昌浩は茫然《ぼうぜん》としていたが、やがてのろのろと顔を上げた。

焦点《しょうてん》がさだまっていない。どこか遠くを見るように、瞳の光が拡散している。

昌浩の体内で、またもや激しい脈動が生じた。瞳の奥に、ひと刹那《せつな》白い炎《ほのお》が宿ったのを、勾陣は見た。

唐突《とうとつ》に、瞼《まぶた》が落ちる。

昌浩はそのまま、糸が切れた操《あやつ》り人形のようにくずおれた。

その様を、見ていたものがいた。

十二神将にすら気づかせずに、彼らと妖獣との戦いを見ていたものは、くずおれた少年から僅かに立ち昇《のぼ》った青白い炎の影《かげ》を認めた。

黒髪《くろかみ》に隠《かく》された双眸がきらめく。

あれは。

色のない唇がうっそりと開いて、風に紛《まぎ》れるようなひそかなささやきがこぼれ出る。

「……これは……思わぬ拾いものだ…」

くつくつと喉の奥で小さく笑って、唇が嗤笑《ししょう》の形に歪《ゆが》む。

あれは確か、都から来たという術者の片割れ。

そうか。都から。

男はさも楽しげに目を細めると、軽やかに身を翻《ひるがえ》し、忽然《こつぜん》と消えた。

9

夕陽《ゆうひ》の中で空を見上げている夢を見る。

懐《なつ》かしい人が、そばにいる夢を見る。

場所は、多分生まれ育った邸《やしき》の、一番奥にある部屋。大きな膝《ひざ》に埋《う》もれるようにして座っていると、上から優《やさ》しい声が降ってくる。

寒くないかと気遣《きづか》われて、大丈夫《だいじょうぶ》だよと笑顔《えがお》を向けると、しわだらけの目許《めもと》がおだやかに細められた。

夜が来る前の僅かなひとときに、空は青の衣《ころも》を脱《ぬ》ぎ捨てて鮮《あざ》やかに装《よそお》いを変えるのだ。

少しずつ少しずつ、赤くなっていく空を厭《あ》きることなく眺《なが》めていた。

――ずっとずっと、昔の話だ。

ぼんやりと目を開けると、梁《はり》と茅《かや》の屋根裏が視界に入った。そして、心配そうに自分の顔を覗《のぞ》き込んでいる子どもの顔がふたつと、大人の顔がひとつ。

昌浩が瞬《まばた》きをして視線を泳がせると、ほっとしたように彼らの表情がゆるんだ。

兄の成親が息をつく。

「……やれやれ。まだ本調子ではなかったか」

それを聞いた太陰と玄武が、成親に食ってかかった。

「当たり前じゃないっ」

「想像を絶する経験のあとなのだぞ、お前は昌浩の兄なのだから、もっと弟の身を気遣ってしかるべきだろう！」

子どもふたりに叱《しか》られて、いい大人の成親はあらぬほうを眺めやる。

「いやでも、大丈夫と断言したのはこれ自身だしな。俺は個人の意思を尊重することにしているんだ」

「時と場合を考えるべきだ！」

「そうよ！」

舌戦を展開している三人から目を離し、昌浩は辺りを窺《うかが》った。勾陣と六合が壁際《かべぎわ》に鎮座《ちんざ》している。さらに視線を動かすと、廂《ひさし》のすみに丸くなっている物の怪の背中が見えた。

昌浩は何とはなしにほっと息をついた。理由もなく、ただ近くにいてくれることに安堵《あんど》する。

勢いをつけてひょいと起き上がり、かけられていた袿《うちぎ》を外して、昌浩はそれをたたみながら太陰たちを顧《かえり》みた。

「俺大丈夫だから、あんまり兄上をいじめないでくれよ」

「優しいなぁ昌浩、その心根を忘れてはだめだ。でないとおじい様のようになってしまう」

しみじみとした成親の述懐《じゅっかい》に、昌浩は祖父の顔を思い浮《う》かべた。そして、そうかもしれないと半ば本気で考える。あれで優しいところもあるのだが、いかんせんいつもいつもおちょくられている身なので、そんなことはないという反論が即座《そくざ》に口から出てこない。

「詳《くわ》しい話は神将たちから聞いたが、お前はいったいどうしたんだ？」

成親は昌浩たちと別れたあとで訪ねた長老の家を辞し、そのまま心が壊《こわ》れたという少女佳代の許に赴《おもむ》いた。彼女は話に聞いていたとおり、成親が話しかけても、目の前で手のひらをひらめかせても、頰を軽く叩いても、なんの反応も示さなかった。少女の母親はげっそりとやつれ果て、涙《なみだ》も涸《か》れたようだった。頼《たの》みとしていた智鋪《ちしき》の宗主がいなくなってしまったいま、娘《むすめ》が元に戻る手立てなど彼らには到底《とうてい》思いつかない。

そこに現れた、都から派遣《はけん》されてきた陰陽師《おんみょうじ》。母親は藁《わら》にもすがる思いで成親に頭を下げた。

――お願いです、うちの子を、どうか……！

そんな血を吐《は》くような訴《うった》えは、そのあとに訪ねたどの家の者たちも同様で、成親はやりきれない気分で患者《かんじゃ》めぐりを終えたのだ。

それからいざ弟と合流しようと思った矢先に、同行していた玄武が珍《めずら》しく血相を変えて成親を誘《いざな》い、くだんの祠《ほこら》に向かったのだ。

成親の姿をひと目見て、昭吉と弥助兄弟は堰《せき》を切ったように泣きじゃくった。それをなだめる傍《かたわ》らで、冷静さをどこかに吹《ふ》き飛ばした太陰がひどく狼狽《ろうばい》して昌浩の名前を繰《く》り返していた。突然《とつぜん》動かなくなって、そのまま昏倒《こんとう》したのだという。それを聞いたときは、さしもの剛胆《ごうたん》な成親も肝《きも》が冷えて絶句した。

無関係の郷人《さとびと》に神将たちの姿をさらすわけにはいかない。成親は昌浩の身柄《みがら》を神将たちに預けると、昭吉たちを家に送り届け、取って返して昌浩を背負い、野代の屋敷《やしき》に戻《もど》ったのだ。神将たちに運んでもらうことも考えたが、安倍邸《てい》ならばともかく、野代の屋敷に意識を失っている昌浩だけが戻ったら不審《ふしん》がられてしまうだろう。

左大臣からの書状を携《たずさ》えているとはいえ、野代の者たちにしてみたら成親たちは突然の来訪者で正体が不明だ。痛くない腹を探《さぐ》られるような真似《まね》はしないほうが賢明《けんめい》だった。

開け放たれた廂の向こうを眺めて、昌浩は瞬きをした。

雲が、消えている。久しぶりに青空が顔を覗かせて、突《つ》き抜《ぬ》けるように高い。陽は半ばまで傾《かたむ》いていて、じきに夕刻に差しかかる頃《ころ》だと推察できた。

築地塀《ついじべい》に遮《さえぎ》られて見えないが、この屋敷は入海の近くに建っている。近隣《きんりん》には野代川《のしろがわ》が流れていて、この氏族の姓《せい》はそこから取られたのだろうと察せられた。

入海は対岸が見えないほど広く、晴れていれば海に陽が沈《しず》む様が一望できるらしい。野代の者たちは絶景の地に住んでいるのだ。

そんなことを考えている昌浩の耳に、海の音が聞こえた。ほんのかすかな水の音色。岸に打ち寄せる水はおだやかなはずなのに、時折不穏《ふおん》な揺《ゆ》らぎが混じる。

壁際に座している勾陣が、片手を上げて成親の意識を自分に引き寄せた。

「妖獣《ようじゅう》は海にひそんでいる。急いで退治ておかないと、また犠牲《ぎせい》者が出るぞ」

「そうか……。郷人は行方《ゆくえ》知れずになった者たちのことも案じている。幾《いく》人かは海に浮かんだそうだが、やはりそのほかの者も……」

昌浩の胸の奥で、仄白《ほのじろ》い炎《ほのお》が揺らめいた。すうっと視界が狭《せば》まり、五感すべてが薄《うす》い紗《しゃ》で覆《おお》われるような感覚。水底《みなぞこ》にひそんで、水面の音を聞くような――。

「………囚《とら》われ人は、獣《けもの》の餌《えさ》に…」

熱に浮かされたような、抑揚《よくよう》のない声音《こわね》が乾《かわ》いた唇《くちびる》からこぼれる。

一同の視線が厳しさをはらんで昌浩に注がれた。

昌浩の顔から表情が抜け落ちている。太陰は息を呑《の》んだ。先ほどと同じ目だ。

「……獣を従える妖《あやかし》がいる…、心をもてあそぶ妖、人の諍《いさか》いと争いを好むもの…」

誰《だれ》かの腕《うで》が昌浩の両肩《りょうかた》を摑《つか》んだ。鋭利《えいり》な呼号が彼の耳朶《じだ》を叩《たた》く。

「昌浩！」

昌浩の肩がびくりと震《ふる》えた。彼は目を覚ましたような様子で瞠目《どうもく》し、何度も瞬きをする。

「……あ…れ…？」

すうっと体内で何かが冷えた。瞳《ひとみ》の奥に揺らいでいた影《かげ》が消えて、いつもの精気に満ちた光が立ち戻る。

昌浩は茫然《ぼうぜん》とした。

「…俺…何言った…？」

成親は硬《かた》い表情で弟を凝視《ぎょうし》し、無言で手を離《はな》す。

囚われ人は、獣の餌。獣を従える妖。諍いと争いを好む。

妖獣がひそんでいる海に、行方知れずになった者たちが浮かんだ。それはごく一部で、その亡骸《なきがら》を引き上げようとした者が水に引きずり込まれて以来、戻らないとも聞いた。時を遡《さかのぼ》り家族を忘れた者たちのせいで諍いが起こり、心の壊れた子どもを抱《かか》えた者たちは絶望で途方《とほう》に暮れている。

これは、なんの符号《ふごう》だ。

「お前、どこでそれを聞いた？」

問いを受けた昌浩は目を瞠《みは》って、手のひらで額を押さえた。

「え…聞いたんじゃなくて…」

知っているのだ。そのことを。

自覚すると同時に慄然《りつぜん》とした。初めて訪《おとず》れた地に封《ふう》じられていた妖のことを、どうして知っているのだろう。

そんなことはありえないと理性が訴える。だが、昌浩は確かにそのことを知っていた。忘れていたのを思い出した、そういう感覚だ。

真っ青になった昌浩は、刺《さ》すような視線を感じて目を向けた。

廂にいる物の怪が、昌浩を凝視している。紅《あか》い瞳が瞬きひとつもせずに昌浩を映す。

昌浩は目を逸《そ》らさなかった。なんの感情も見出《みいだ》せない紅い瞳。夢の中で見た、夕焼けと同じ色の瞳だ。

昌浩を知らない騰蛇の目。これが、この先ずっと自分に注がれる目だ。

少し笑《え》みを含《ふく》んだような、僅《わず》かに切なさをはらんだような、あのあたたかい眼差《まなざ》しはもう戻らない。そして、それを望んだのはほかならぬ自分だった。

でも、せめて。夢でいいから、もう一度会いたいと思う。それは過ぎた願いだろうか。それすらも、許されないのだろうか。

会いたい人に会える禁厭《まじない》。彰子のぬくもりを思い出し、胸の奥がほんの少し締《し》めつけられた。

昌浩は唇を湿《しめ》らせて、ごくりと固唾《かたず》を呑んだ。

「聞いたんじゃない……たぶん、直感…だと」

「……そうか」

曖昧《あいまい》な答えだったが、成親はそれ以上追及《ついきゅう》してこなかった。

荷物の中から独鈷杵《とっこしょ》と数珠《じゅず》を出して、成親は立ち上がった。

「もし本当に妖獣が人を食《く》らっているのなら、これ以上の犠牲者を出す前に叩く必要がある。

十二神将、力を貸してくれ」

それから成親は昌浩を見下ろした。

「お前はここで…」

「いやだ、俺も行く！」

兄の言葉を遮って、昌浩も腰《こし》を浮かせた。

「俺も行く。……さっき、昭吉たちと約束したんだ。化け物をやっつけて、あの子たちの母上や、郷の人を助ける、って。俺は、約束を破りたくない…！」

声が、激情をはらんで震える。目の奥が熱くなって、昌浩はこみ上げてくるものを必死で抑《おさ》えた。

約束をした。たくさんの約束を。幾つものそれを、自分は果たせずにいて。それではだめだとあの川岸で諭《さと》されて、自分は帰ってきた。

たくさんの約束の、大切なひとつはもう永遠に果たせない。

最高の陰陽師になると、約束をした相手はもうどこにもいない。

だから、これ以上誰かを裏切りたくない。

「たくさんの人たちが苦しんでる…。そういう人たちのために、俺は陰陽師になりたいと思った。最高の陰陽師になるって、約束したんだ…！」

昌浩は、絶対に譲《ゆず》らない目をしている。こういうときの弟は何を言っても折れないということを、成親はよく知っていた。本人に自覚はないだろうが、そういうところは祖父にそっくりだ。

「……わかった。だが、無茶はするな」

ため息混じりの言葉を受けて、昌浩は大きく頷《うなず》く。

それを傍観《ぼうかん》していた物の怪は、奇妙《きみよう》なものを見るような顔をしていた。

陰陽師になると、そういったのか。見鬼《けんき》の才が欠けているにもかかわらず、そんな無謀《むぼう》な決意を抱《いだ》くとは。

いったい誰と、そんな途方もない約束をしたというのか。

最高の陰陽師。それは騰蛇の知る限り、安倍晴明を置いてありえない。彼の言質《げんち》を正確に受け取るなら、それは晴明を超《こ》えるということと同義ではないのか。

あの晴明を超えるなどと、戯言《たわごと》を。

頭を振《ふ》って、物の怪は瞬《まばた》きをする。

その子どもの顔も名前も、彼の中には残らない。だが、その言葉は妙に鮮明《せんめい》に彼の脳裏《のうり》に刻まれた。

水底にひそんでいた妖は、傷だらけになってほうほうの体《てい》で逃《のが》れてきた妖獣を見て低く唸《うな》りをあげた。

『おのれ…!』

先ほど確かに、はるか昔にこの身を封じた憎《にく》き仇敵《きゅうてき》の気配を感じた。封印がとかれるまでの果てしない時間の中、仇敵の甚大《じんだい》な力が常にこの身を束縛《そくばく》し、あの狭《せま》く暗い地の底に押し込まれていたのだ。

しかし、ついに封印はとかれ、この身に従う水獣とともに復活することがかなったのだ。

妖の踏《ふ》みしだく足の下には、膨《ふく》れ上がってぼろぼろになりはじめた亡骸がある。近くでは傷を負った水獣たちが、別の餌を食《は》んでいた。

せっかく捕《と》らえた餌の幾つかを囮《おとり》にして新たな餌をおびき寄せていたのだが、そろそろ知恵《ちえ》をつけたのか水際《みずぎわ》に近づいてこなくなった。

先日久しぶりに生きた人間が水に入ってきたが、それを捕らえに行った水獣が邪魔者《じゃま》に阻《はば》まれた。

楽しみのために生かしておいたあの女と子どもたちを、さっさと食っておくべきだったのかもしれない。

嘆《なげ》きや憎しみの声を聞くことが心地《ここち》いい。そのためにあえて生かしておいたのだが。

暗い水底で、一対の目がぎらりと光った。

『……行け』

餌《えさ》を食んでいた水獣が、弾《はじ》かれたように身を翻《ひるがえ》し、水面に飛び出していく。

腹が減った。とてもとても腹が減った。この地は人間が多いから、いくら獲《と》っても心配はない。存分に捕食《ほしょく》してから、残った人間で遊ぶのは、きっと楽しいだろう。

逃《に》げようとしたものは嬲《なぶ》り殺していいと水獣には告げてある。

人間は彼らの餌なのだ。彼らの思うとおりに動かなければならない。

ましてや、抵抗《ていこう》するなど身の程《ほど》知らずもはなはだしい。

厭《あ》きるほど食って人が減ったら、移動すればいい。

何しろこの国には人がたくさんいる。元いた国は人はたくさんいたものの、敵も多く縄張《なわば》り争いがひどかった。

この国はいい。彼らを脅《おびや》かすものがいない。

そう、仇敵以外は――――。

黄昏《たそがれ》間近の入海は、おだやかに波打っていた。

夏になれば子どもたちが水遊びを楽しむ水際に、成親と昌浩がたたずんでいる。

昌浩の額には、黒灰色の模様が描《か》かれている。呪符《じゅふ》を焼いた灰で描《えが》いたもので、これがある限り異形や妖《あやかし》の類が見える。

「見鬼の代用だな。まぁまだ実用には至っていないんだが…気休めにはなるだろう」

成親はそう言ったが、充分《じゅうぶん》だった。意識を集中すれば十二神将たちが映る。

入海の水面を睨《にら》んで目を凝《こ》らしていた昌浩は、水底《みなぞこ》に不穏《ふおん》な影《かげ》が揺《ゆ》らめいたのを認めた。

ざわざわと背中に波立つものがある。うなじにわだかまって、滑《すべ》り落ちる氷塊《ひょうかい》。

水が大きく盛り上がった。その中に黒い影がひそんでいるのを、昌浩は見逃さない。

「妖獣《ようじゅう》！」

昌浩の叫《さけ》びを受けて、玄武が大きく両手を広げた。

水の気配が広がる。水中から躍《おど》り出た水獣は、しかし水際で不可視の壁《かべ》に衝突《しょうとつ》した。

玄武の波流壁《はりゅうへき》が行く手を阻んでいるのだ。彼らがこれ以上郷に害を為《な》さぬよう、ここで全力で叩《たた》き潰《つぶ》す。

波打ち際の砂丘《さきゅう》に立った昌浩は、水面で体勢を整えこちらに標的を変えた水獣を、正面から見返した。

平たい人面が大きく口を開いて耳障《みみざわ》りな鳴き声を上げる。水面を蹴《け》って飛沫《しぶき》を上げながら、二匹《ひき》の水獣が昌浩めがけて突進《とっしん》してきた。

視《み》える。聴覚《ちょうかく》と触覚《しょっかく》と視覚が連動し、脳が完全にそれらを支配できている。これなら。

内縛印《ないばくいん》を結び、昌浩は叫んだ。

「ノウマクサンマンダ、バサラダンセンダ、マカラシャダソワタヤウンタラタカンマン！」

縛魔《ばくま》の法が水獣の片方を搦《から》め取る。見えない呪縛に全身を束縛され、飛沫を上げて落下した水獣がそれでも足掻《あが》いて水を撥《は》ね上げる。

もう一方の水獣が跳《と》び退《すさ》った。成親の放った裂帛《れっぱく》の気合を避《さ》けたのだ。水面が一瞬《いっしゅん》えぐれて、しかしすぐに盛り上がる。

払《はら》った手刀を収めながら、成親は渋《しぶ》い顔をした。

「やっぱり、退魔調伏《ちょうぶく》伐魔修祓《ばつましゅうばつ》は苦手だなぁ」

俺には作暦《さくれき》が一番性《しょう》に合っている。

飄々《ひょうひょう》とうそぶきながら、昌浩の縛魔法を弾き飛ばして跳び上がった水獣を一瞥《いちべつ》し、収めた手刀を薙《な》ぎ払う。

「放たれる風、さながら白刃《はくじん》のごとく！」

言霊《ことだま》もろとも叩きつけられた霊力《れいりょく》の固まりが水獣の体側を切り裂《さ》き、黒い粘液《ねんえき》が撒《ま》き散らされた。

水面を叩いた粘液がどろりと沈《しず》んでいく。やや怯《ひる》んだ水獣めがけ、昌浩の真言が飛んだ。

「ノウマクサラバタタギャテイヤクサラバ、ボケイビャクサラバタタラセンダ、マカロシャケンギャキサラバビキナンウンタラタ、カンマン！」

真言が完成した途端《とたん》、水獣を取り巻いていた邪悪な妖気《ようき》が霧散《むさん》する。

「覚悟《かくご》っ！」

最後のとどめとばかりに太陰の鎌鼬《かまいたち》が振り下ろされた。

幾《いく》つもの鎌鼬が水獣の四肢《しし》を完全に切り刻み、元の形を思い返すのが困難なほど粉々にされる。水面に黒い欠片《かけら》が降り注ぎ、小さく飛沫を上げた。

まずは一匹。

「足止めをすれば、そんなに手強《てごわ》いわけじゃない」

残りを倒《たお》せば、水底にひそんでいるはずの妖が出てくるはずだ。

本当にそれがいるのか、成親にはいまもわからない。だが、信じてみる価値はある。

しかし、彼には危惧《きぐ》していることがあった。果たして、その妖を倒したとして、本当に郷人たちは元通りになるのか。

時を遡《さかのぼ》ってしまった心。完全に壊《こわ》れてしまった心。妖がそれを為したのだとしても、元に戻《もど》すことができるとは、正直思えないでいた。

成親は陰陽師《おんみょうじ》だが、ただの人間だからもちろん全能ではない。子どもたちの願いをかなえてやりたいと思うのとは別の部分で、不可能なことがあるのも知っている。

死んでしまった郷人たちを甦《よみがえ》らせることはできないし、成親の力では壊れた心も戻せない。

あるいは、祖父だったらかならうかもしれないが。

成親の懸《け》念《ねん》をよそに、昌浩は最後の一匹に狙《ねら》いをさだめていた。

「こいつを倒せば……！」

あの妖が出てくるはずだ。配下を失い怒《いか》りに燃えて、おびき出されてくるはず。

昌浩の脳裏《のうり》にあの幼い兄弟たちの姿が浮《う》かんだ。

自分たちのことを忘れてしまった母親を恋《こい》しがる子ども。こんな子は知らないと言われて、それでも必死にすがろうとしている子ども。

あれは自分だ。失いたくないもののために、大切なものを失《な》くした自分。

だからなんとかしてやりたい。昌浩が失くしてしまったものを、せめてあの子たちには取り戻してやりたい。

そう思うのは、傲慢《ごうまん》だろうか。

一方、奮戦する成親と昌浩を、物の怪と勾陣は距離《きょり》を置いた場所で見ていた。

「……勾、お前は参じなくともいいのか」

「まだ心配はないだろう。あれしきの小物、昌浩が本気を出せば造作もない」

腕《うで》を組んだ勾陣のこともないと言わんばかりの発言に引っかかりを覚えて、物の怪は視線を上げた。

「……成親ではなく？」

「そう、昌浩だ。私はそう言った」

まさひろ、と物の怪は口の中で呟《つぶや》く。どうしても、子どもの名前が残らない。

勾陣が言うように、成親の術で見鬼《けんき》の才を得た子どもの奮迅《ふんじん》は凄《すさ》まじかった。何かに憑《つ》かれたような気迫《きはく》というのか、みなぎる戦意であふれている。

だが、なんとなく危《あや》うい印象も併《あわ》せ持っている。一点に集中しているのは、何かから逃《のが》れるためのような。

昌浩のそばに隠形《おんぎょう》した六合が、突然顕現《けんげん》した。同時に水中から白く尖《とが》ったものが飛び出してくる。六合の腕が昌浩の背を押し、霊布《れいふ》が翻ってそれを弾き飛ばす。

回転しながら砂地に転がったそれは、人骨だった。折られたのか、断面が鋭《するど》く尖っている。

水面が大きく揺らいだ。盛り上がった水の奥に黒い影がひそみ、昌浩を凝視《ぎょうし》する。

『……貴様か……！』

怒号《どごう》が轟《とどろ》いた。

入海の水すべてが吹《ふ》き上がった。妖気をはらんで揺れまどい、立ち昇《のぼ》った水柱が大きく曲がって昌浩を襲《おそ》う。

幾つもの水柱がまるでうねる龍《りゅう》のように襲い来る。昌浩と六合がそれを避《よ》けている間に、玄武の波流壁が妖気で叩き壊された。

残った最後の水獣が囲みを抜《ぬ》けて郷《さと》に疾走《しっそう》していく。焦《あせ》った太陰が成親の襟首《えりくび》を摑《つか》み、突風を起こした。

「捕《つか》まえるのよ、でないと…！」

「わかってる！」

太陰の叫びに怒号を返し、成親は彼女の腕を振《ふ》り払って身を翻《ひるがえ》した。

竜巻《たつまき》が空を翔《か》けていく。その後を追おうとして、成親はふと足を止めた。彼の視線の先に、物の怪と勾陣がいる。

「………騰蛇」

険しい視線を向けられて、騰蛇は訝《いぶか》るように眉《まゆ》をひそめた。成親の目に、それまでずっと抑《おさ》えていた怒りが揺れている。

「確かに俺もお前が怖《こわ》い。だがな、あえて言う」

声を上げて泣き出した末の弟。

忘れていいよと願って、そのとおりになったはずだったのに、深くえぐれた心の傷が膿《う》んでいる。氷のような視線を受けるそのたび、膿んだ傷口に刃物《はもの》が突《つ》き立てられるような痛みがわだかまり、深く深く沈殿《ちんでん》していく。

「———正月に会ったときは、お前はいまよりずっとましな顔をしていたぞ」

途端に、物の怪の目に剣呑《けんのん》な光が宿った。ぎらりとひらめく眼光に射貫《いぬ》かれて、成親の呼吸が一瞬止まる。大きく跳《は》ね上がった心臓が無謀《むぼう》だといわんばかりに駆《か》け出したが、彼はそれを無視した。

物の怪の傍《かたわ》らにいる勾陣が手を上げる。

「任せて、行け」

「ああ」

成親はそのまま水獣《すいじゅう》を追っていく。成親だけだったらいささか心もとない部分もあるが、太陰がついている。いや、あるいは逆かもしれないが。

物の怪は物騒《ぶっそう》な口調で呟いた。

「どういうことだ、意味がわからん」

「そうだろうな」

あっさり返し、勾陣は腰帯《こしおび》から筆架叉《ひっかさ》を抜き取った。

「勾？」

「だが、別に大した問題ではないだろう。——いまのお前には」

細身の刃が赤みを帯びた光を弾《はじ》く。もうすぐ、陽《ひ》が沈むのだ。

黄昏《たそがれ》は魔《ま》の領域。夜は魔の世界。陽が沈んでしまう前に決着をつけないと、厄介《やっかい》だ。

訝る物の怪を残し、勾陣がひらりと地を蹴《け》る。水柱が絶え間なく立ち昇って子どもたちを襲《しゅう》撃《げき》するのを、玄武や六合が防いでいる。子どもはその中にあって、反撃の機会を窺《うかが》っているのだ。

言葉ひとつかわさずに、彼らはそれを成し遂《と》げている。新たに加わった勾陣も同様だ。まるで、以前にもそうやって妖怪《ようかい》と戦ったことがあるように。

勾陣は、怒《おこ》っていた。あの目はそうだ。声音《こわね》も表情もいつもどおりだったが、双眸《そうぼう》の眼光がそれを裏づけている。

違和感《いわかん》があった。自分の知らない間に生まれていた子ども。その子と馴染《なじ》んでいる神将たち。

晴明の孫だという、騰蛇の知らない子ども。

違和感がある。自分の中で、欠けているものが確かにある。何度聞いても覚えられない名前。すぐに記憶《きおく》から消える顔。

胸中にわだかまって消えない暗い澱《おり》。

脳裏を席巻する違和感の正体は、しかしどうやってもつまびらかにならない。

焦燥感《しょうそうかん》が広がっていく。得体《えたい》のしれないものが巣食っている。

物の怪は歯噛《はが》みした。

晴明よ。お前ならば、これがなんなのかわかるのか。

立ち昇った怒濤《どとう》が、そのとき子どもたちの姿を呑《の》みこんだ。

10

初めて会ったのは、春の終わり。
大きな柏《かしわ》の木の下で、ぼとりと落ちてきた白い物の怪。
その物の怪は、不機嫌《ふきげん》そうに言ったのだ。
——見せもんじゃねぇぞ

奔流《ほんりゅう》に巻き込まれて、意識が一瞬《いっしゅん》飛んでいた。

思わず開いた口の中に、若干《じゃっかん》潮を帯びた水が流れ込む。肺の中まで到達《とうたつ》した水が灼熱《しゃくねつ》と化し、昌浩は苦痛に顔を歪《ゆが》ませた。

水だ。水の中に引きずり込まれた。

なんとか目を開けて天地を確認《かくにん》する。眼下に揺《ゆ》れる水面が見えた。逆さまになっているのだ。

水面に射《さ》す光が橙色《だいだいいろ》を帯びている。じきに陽が暮れる。その前に妖怪を倒《たお》さなければ、自分の身すら危うい。

首に巻きついたものを引き剝《は》がそうとして、昌浩は懸命《けんめい》にもがいた。

かろうじて光が届く湖底。舞《ま》い上がった土砂《どしゃ》で視界が利《き》かない。

十二神将たちは、どこだ。玄武、六合、勾陣、彼らも奔流に巻かれたはずだ。どこにいる。

『………貴様は…奴《やつ》ではないのか…⁉』

声が鼓膜《こまく》に直接響《ひび》いた。直感に任せて昌浩は視線を滑《すべ》らせる。だが、そこには何もいない。

……否《いな》、いる。

抑圧《よくあつ》されて濃度《のうど》を増した妖気《ようき》が、湖底の一角にわだかまっている。あそこにいる。この首に巻きついているもの。これは妖怪の一部。なのに、姿がこの目に映らない。

額に描《えが》かれた呪《しゅ》の模様が水で流れてしまったのだ。

ぎりぎりと首が絞《し》め上げられる。昌浩はたまらず気泡《きほう》を吐《は》いた。

息が苦しい。肺が焼けている。

びくびくと痙攣《けいれん》しながら必死でもがいていた昌浩の脳裏《のうり》で、閃光《せんこう》が弾けた。

『ならば…その炎《ほのお》は…、っ！』

昌浩の目が、妖《あやかし》の姿を捉《とら》えた。透《す》きとおった瞳《ひとみ》の奥に、燃え上がる青白い炎。

『なに…っ！』

視《み》える。驚愕《きょうがく》する妖の、巨大《きょだい》な四肢《しし》。以前倒した窮奇《きゅうき》と同等の体軀《たいく》、二尺はあるであろう暗灰色《あんかいしょく》の長毛に全身を覆《おお》われて、顔面は人のそれに酷似《こくじ》している。口部だけが異様に突き出て、鋭利《えいり》な牙《きば》が覗《のぞ》いているのまで、克明《こくめい》に視えた。

昌浩の体内、最深部で、不穏《ふおん》な脈動が起こる。耳の奥で響いた鼓動。脳裏を駆け抜ける閃光の記憶。

――そうだ、知っている。それは、魂《たましい》の底深くに刻まれた、記憶。

昌浩は水が入ってくるのも構わずに口を開いた。

「……傲狼《ごうろう》……！」

心を壊《こわ》すけだもの。記憶を逆行させ人を翻弄《ほんろう》し、諍《いさか》いと争いを起こして楽しむ異邦《いほう》の妖異。

最後の気泡が昌浩の口からもれた。瞳の奥に揺らめいた炎が、落ちる瞼《まぶた》に隠《かく》される。

力を失う子どもを引き寄せようと傲狼が長毛を引いた刹那《せつな》、白い異形が水底に現れた。

子どもたちが奔流に呑まれたのを目撃《もくげき》し、物の怪は一瞬ためらったのち海に身を躍《おど》らせた。

六合たちは無事だ。あれくらいで十二神将がくたばるものか。問題は子どもだ。

いつまでも息がつづくわけはない。もし何かあれば、晴明が悲しむだろうし成親も怒るだろう。成親がどう思おうと知ったことではないが、晴明を悲嘆《ひたん》の淵《ふち》に立たせるのは不本意だ。

入海《いりうみ》の中心近くに、妖怪と子どもはいた。妖怪の長毛に囚《とら》われた子どもは、すでに呼吸を止めている。

急がなければ。

物の怪の体が真紅《しんく》の闘気《とうき》に包まれた。闘気の中から現れた騰蛇が、傲狼の長毛を断ち切る。

『何奴…！』

怒りに燃える誰何《すいか》を黙殺《もくさつ》し、騰蛇は右手を掲《かか》げた。

それを見た傲狼が哄笑《こうしょう》する。

『この水底《みなぞこ》で、炎の闘気だと…？　面白《おもしろ》い。それに。その銀冠《ぎんかん》もな』

騰蛇の手が止まる。

銀冠？　そんなはずはない。安倍晴明に施《ほどこ》された封印《ふういん》は、金冠だ。思わず額に手を当てる。

細かな紋様《もんよう》が指先に触《ふ》れた。彼の記憶にある金冠には、紋様などなかったのに。

一瞬の困惑《こんわく》を、傲狼は見逃《みのが》さなかった。相手に心があるならば、傲狼にはいくらでも手立てがあるのだ。

傲狼の両眼《りょうめ》が怪《あや》しく輝《かがや》いた。抑圧されていた妖力が解き放たれて、騰蛇を取り囲む。騰蛇の心臓が跳《は》ね上がった。傲狼の放つ妖力が思惟《しい》の底に侵入《しんにゅう》し、見えない手で乱暴に掻《か》き乱す。おぞましい妖気が心の奥底に爪《つめ》を立て、思考の流れを逆行させた。

「な…っ!」

けたたましい笑声《しょうせい》が騰蛇の耳に突《つ》き刺《さ》さる。見開かれた瞳の焦点《しょうてん》が拡散する。

脳内で記憶の奔流が逆巻いた。急激に遡《さかのぼ》り、立ち戻《もど》っていく時間の流れ。

『さぁ、どれほど遡らせようか⁉ 安心しろ、戻った分の記憶はすべて掻き消える。新たな心がどのようになるか、お前を取り巻く者たちがどう反応するか、見物だなぁ!』

唐突《とうとつ》に、傲狼の妖力が弾き飛ばされた。水が大きく振動《しんどう》し、徐々《じょじょ》に熱を帯びていく。

騰蛇の瞳が色を変える。鮮《あざ》やかな金から、――燃え立つ真紅へ。

「………」

逆流していく情景。暗い、あれはどこだ。

きらめいた刃の切っ先。胸を貫《つらぬ》いた灼熱の痛苦。

声が。呼んでいる。

右手に残る鈍《にぶ》い衝撃《しょうげき》。あたたかな濃《こ》い色の、この手を染めたものは。

白銀の大地。冷たい風、舞い散る白い花。

音。さあさあとやまない、あれは雨の音。

どくん。心臓がもう一度跳ねる。脳裏を貫き全身を駆《か》け抜《ぬ》ける衝撃。

騰蛇の額を彩《いろど》る銀色の輪に、びしりとひびが生じた。

両のこめかみを押さえるようにして、騰蛇はこれ以上ないほど目を見開く。

――……

声。騰蛇を呼ぶ声。あれは。

どうしても覚えられない子どもの名前。子どもの顔。すぐに心の中から泡《あわ》のように弾けて消えて、決して残らない。

まるで、呪縛《じゅばく》にも似た――。

『……あしきゆめ…いくたびみても身に負わじ……』

澱《よど》みなく流れる水のように、悪い夢などその身に残らず、消えてしまえ。

どんなことがあっても。

どれほど時が流れようとも。

忘れてはいけない、忘れられない、忘れたくない、声。

それは。

「――――！」

騰蛇の全身が真紅の闘気に包まれて、傲狼を瞬時《しゅんじ》に包んだ地獄《じごく》の業火《ごうか》が天を衝《つ》くほどに燃え上がった。


入海に呑み込まれた玄武は、必死で昌浩を捜《さが》した。

水将の玄武は水の中にあってもなんら動きを抑制《よくせい》されることはない。水は彼の意のままに従う。ときには彼の武器にもなりうるものだ。

「昌浩は、どこだ」

勾陣や六合は放《ほう》っておいても問題はない。たとえば敵に攻撃《こうげき》されていたとしても、そう易々《やすやす》とやられるほど十二神将は非力ではない。

海水が大きく揺らめく。流れの中に灼熱の闘気を感じ取り、玄武ははっと振《ふ》り返った。

これは、騰蛇の神気だ。そして、その近くに凄絶《せいぜつ》な妖気の固まりがある。

妖怪《ようかい》は人を食うのだ。ならば、昌浩もあそこか。

玄武の小柄《こがら》な体が水中を駆ける。ほどなくして彼は、力なく目を閉じている昌浩と、妖怪と対峙《たいじ》している騰蛇を発見した。

「昌浩!」

昌浩は完全に意識を失っている。早く水から揚《あ》げなければ。

妖怪は騰蛇に気をとられている。いまのうちに。

力のない体を抱《かか》えるようにして向きを変え、泳ぎだした瞬間、異変が起こった。

騰蛇の神気が荒《あ》れ狂《くる》い迸《ほとばし》る。離《はな》れようとする玄武を半ば弾《はじ》くようにして、それは瞬《また》く間に広がっていく。その神気の中に灼熱の気配を見出《みいだ》して、玄武は色を失った。

この気配を玄武は記憶《きおく》している。この神気が広がったのは過去に二度。

騰蛇が晴明を殺《あや》めかけた際と、貴船《きふね》で昌浩が凶刃《きょうじん》に倒《たお》れた際。

「まずい…！」

急いで水面に顔を出した玄武が、昌浩を抱えながら通力を解き放つ。

入海の中心部を包み込む、円筒《えんとう》状の結界。

それが結ばれたと同時に、水中から立ち昇《のぼ》った煉獄《れんごく》の炎が、紅《あか》く燃え立つ黄昏《たそがれ》の空に翔《か》けあがった。

結界壁《へき》を通してなお肌《はだ》を焼くほどに凄《すさ》まじい業火が、灼熱の龍《りゅう》と化して天を焦《こ》がす。このままでは結界もそう長くは保《も》たない。

玄武は唇《くちびる》を噛《か》んで、水際《みずぎわ》に向かって泳ぎだした。とにかく昌浩を介抱《かいほう》しなければ。

水から揚がったおかげで、昌浩は肺に溜《た》まっていた海水をほぼすべて吐《は》き出したようだった。

だが、顔色は真っ青でぐったりとしている。

ふいに、水中から影《かげ》が浮《う》かび上がってきた。

「六合！」

六合は顔に張りつく髪《かみ》を鬱陶《うっとう》しげに掻きあげて、燃え立つ炎《ほのお》を見上げた。戦慄《せんりつ》に酷似したものが背筋を駆け下りる。玄武の結界がなかったら、この入海だけでなく自分たちの身すら危《あや》うかった。

騰蛇の封印が解けたのだ。これは、抑制なしの純粋《じゅんすい》な通力。凶将《きょうしょう》勾陣ですら及《およ》ばない、十二神将最強にして最凶の力。

すべてを焼き尽《つ》くす煉獄の炎。人々が想像上に描《えが》くそれが、いまこの場で具現化されている。

玄武から昌浩の身柄を引き受けて、六合が岸を目指す。

岸辺には太陰と成親が茫然《ぼうぜん》と立ちすくんでいた。

「太陰、妖獣《ようじゅう》は仕留めたのか」

水から上がった玄武の問いに、太陰は慌《あわ》てて頷《うなず》く。

「う、うん。ちゃんと。それより、あれは…」

「騰蛇…なのか…!?」

驚愕《きょうがく》で震《ふる》える成親の言葉に、六合と玄武が無言で首肯《しゅこう》する。

入海に陽《ひ》が沈《しず》んでいく。その色よりはるかに鮮やかな紅の炎が、天を真紅に染め上げていた。

傲狼は狼狽《ろうばい》した。

『なんだと……っ！』

全身を覆《おお》う長毛が瞬時に焼失する。剝《む》き出しの肌は焼けただれずり落ち、生きながら焼き殺される地獄の中に叩《たた》き落とされる。

『ばかな、ばかな…っ！』

いったい何がきっかけだというのだ。記憶を逆流させ、心の一部を壊《こわ》した、それだけだったはずだ。欠けた心は混乱を生み、新たな争いの火種になるはずだった。

だが、化け物の思惑《おもわく》ははずれ、男の放った煉獄がこの身を滅《ほろ》ぼさんとしている。

『お、おのれ、このままでは…っ』

引き攣《つ》った悲鳴が熱風に砕《くだ》かれる。

炎はさらに荒れ狂い、傲狼の四肢《しし》を貫き内臓を焦がし、炭と化した骨を削《けず》る。熱気で海水はとうに蒸発し、水蒸気と化して傲狼に苦痛を与《あた》えた。

やがて、荒れ狂う業火に呑《の》まれて、化け物の姿は掻き消えた。

水中で螣蛇の姿を捉《とら》えた勾陣は、神気で防御《ぼうぎょ》してもなお肌を刺す炎の威力《いりょく》に身震いした。

十二神将最凶の、封印《ふういん》を施《ほどこ》していなければ自分などよりはるかに凄まじい力を持った火将螣蛇。

結界壁の向こうで、炎に包まれた化け物の姿が掻き消える。

だが、螣蛇の炎は止まらない。ますます激しい火勢を得て、さらに強まっていく。

「螣蛇…！」

昔、晴明をその手にかけた折、螣蛇は血を吐くような声で訴《うった》えたのだ。

もしも、もしも再びがあったなら。俺を止めてくれ。できなければ殺してくれと。

生憎《あいにく》彼女には朱雀のような神将殺しの力はないが、それでも相討《あいう》ちくらいには持っていけるだろう。

玄武の結界壁を通して、灼熱の激しい闘気《とうき》が彼女を襲《おそ》う。闘気は刃《やいば》のような鋭《するど》さを伴《ともな》い、彼女の四肢を切り裂《さ》いた。

裂けた額から血が流れて目に入る。頬《ほお》も、腕《うで》も、肩《かた》も、ずたずただ。

「女の顔に傷をつけたな。これは高くつくぞ、螣蛇よ」

薄《うす》く笑って、構わずに彼女は、結界壁に手をかけた。熱い。手のひらが音を立てて焼けていくようだ。

騰蛇の懇願《こんがん》が耳の奥で甦《よみがえ》り、勾陣の双眸《そうぼう》が何かを堪《こら》えるように細められた。

騰蛇は言った。できなければ俺を殺してくれと。

「……それでも」

しかし、晴明は言った。断じて騰蛇を殺してはならない。

そして、昌浩が願うのだ。

つらいことは、覚えていなくていいよ、と。

「つらくても、心が壊れそうになっても。決して忘れてはいけないものが、ここに確かにあるだろう……？」

十三年前の邂逅《かいこう》がお前を変えた。お前はそれを忘れてしまって、だから心が凍《い》てついている。

あの子どもも同じだ。傷を抱えた心が悲鳴を上げて、それを誰《だれ》にも見せないようにひた隠《かく》しにして。

いまのお前に会ったなら、晴明とて嘆《なげ》くだろう。

「私はできるなら、お前と剣《けん》を交えるのは避《さ》けたいところなんだがな……」

声だ。あの子が叫《さけ》んでいる。

あの子の心が泣いている。どこだ、どこにいる。

お前のそばにいると決めた。

お前が望むなら、俺はそのために心を砕くと誓《ちか》った。

あの子はどこだ。

あの子。

いいや、俺は名前を知っている。あの子の名前を知っている。

強さを秘《ひ》めた、譲《ゆず》らない瞳《ひとみ》を知っている。見るものを和《なご》ませる明るい笑顔《えがお》を知っている。元気に駆《か》け回る姿を知っている。

そして、俺を見て、俺の名を呼ぶその声を。

――もっくんやーい……

そうだ。

「………」

騰蛇の瞳に、静かな光が灯《とも》った。

あの子の名は。

「……昌浩…だ…」

勾陣は目を瞠《みは》った。

騰蛇を取り巻いていた灼熱の闘気が、瞬《また》く間に鎮《しず》まっていく。

玄武の結界に冷やされ、水蒸気が再び水の姿に戻《もど》り、未《いま》だ漂《ただよ》う熱気を取り込んで大きくうねった。

「止まった……」

炎柱《えんちゅう》が完全に消えて、結界の内側を満たした水が騰蛇を呑み込む。同時に役目を終えた結界壁《へき》が水に吸い込まれるようにして消えた。

温度の違《ちが》う水が混ざり合うために奔流《ほんりゅう》が生じ、大きく波立つ。

せめぎあう水の中に潜《もぐ》った勾陣は、流されるままになっている騰蛇を見つけた。

押し寄せる水流が体に絡《から》みつくようでうまく進めない。

通力で水の力を一瞬《いっしゅん》だけ抑《おさ》え込むと、唐突《とうとつ》に水が凪《な》いだ。しかし長くは保たない。

「いまのうちに…」

動きを止めた水を抜《ぬ》けて手をのばし、彼女はようやく騰蛇の腕を捉えた。

◆　◆　◆

空が赤いのを見るのは好きだった。

でも、どうしてあんなふうになるのかがたまらなく不思議で、なんでも知っている物知りの祖父に、尋《たず》ねてみた。

「ねぇじいさま、おそらはどうしてあんなふうにあかくなるの？」

晴れた日の昼間は、どこまでも突《つ》き抜けるような青さで。

夜の空は、すべてを覆うような重く暗い藍色《あいいろ》で。

青と藍の狭間《はざま》だったら、もっと寒々しい色になるのではないか。

幼な心に出した結論を聞いて、祖父は目を丸くすると、楽しそうに何度も何度も頷《うなず》いた。

「そうかそうか。ほほう、なるほど。うーん、そうだなぁ…」

小柄《こがら》な彼を膝《ひざ》に座らせて、祖父は優《やさ》しく笑いながら考えているふうだ。やがて、彼の頭を撫《な》でながら、祖父は切り出した。

「……それはなぁ、お陽さまがとてもとても優しくて、人のことが大好きだからだなぁ…」

◆　◆　◆

ぼんやりと見上げた空が、真紅《しんく》に輝《かがや》いていた。
宙に浮《う》いているような、不思議な感覚に包まれている。
きっと、これは夢なのだろう。幼い頃《ころ》の記憶《きおく》が見えた。だから、そのつづき。
紅《あか》くなる空。
それと同じ色の瞳を、昌浩は知っていた。
ああ、夕焼けの色だなと、思った。だからきっと。
きっとあの夕焼けのように、その心は優しい。
視界のすみに、白いものが見えた。
ぼんやりとにじんだ世界の中で、夕焼けの瞳が心配そうに自分を見下ろしている。
『おいおい、大丈夫《だいじょうぶ》かよ』
ああ、と。昌浩は目を細めた。
たくさんの夢を見たのに、いままで一度も物の怪が口を開いてくれたことはなかった。
いつもいつも、感情のない紅い瞳がこちらを向くだけで。

『……もっくん、やっとしゃべってくれたんだ』

『何言っとるか。半人前のお前の相談役なんだから、当たり前だ』

偉《えら》そうにふんぞり返って、物の怪はにやりと笑った。

『お前が嫌《いや》だって言ったって、口うるさい小舅《こじゅうと》のように口出しするぞー、俺はなー』

楽しそうに、夕焼けの瞳が笑っている。

その瞳が嬉《うれ》しくて、昌浩は減らず口を叩《たた》いた。

『ああまったく、ほんといやになるなぁ』

いつまでもいつまでも、この夢を見ていられればいいのに――。


岸辺に横たえた昌浩は、一向に目を覚ます様子を見せなかった。

「どうしよう、この辺りに薬師なんているの⁉」

動転する太陰の叫びが響《ひび》くが、そんなことは誰も知らない。

「昌浩、昌浩、大丈夫か、しっかり…」

根気よく弟の名前を呼ぶ成親の顔も、最悪の状況《じょうきょう》を思って血の気を失っている。

「――、炎《ほのお》が…？」

唐突に風向きが変わって、気づいた六合と玄武が入海を振《ふ》り返る。

あれほど激しく燃え立っていた煉獄《れんごく》の炎が鎮まり、玄武の結界に相殺《そうさい》されていく。

炎が完全に掻《か》き消えて玄武の結界がその役目を終えると、燃え盛《さか》る炎にあぶられていた入海の水が冷え、元の静かな海面が戻ってきた。

玄武は硬《かた》い表情で水面を見つめた。

「……騰蛇と勾陣は、どうなったのだ…」

騰蛇はともかく、あの炎では勾陣といえども無事ではいられまい。

まさか。

太陰と玄武が青ざめる。水面を見据《みす》えた六合は、水が不自然に揺《ゆ》らめいたのに気がついた。

夕陽を受けた金色の海面が大きく盛り上がり、騰蛇に肩《かた》を貸した勾陣が姿を現した。

「っ…、さすがに、今回ばかりは覚悟《かくご》しようかと思ったな」

息をつく勾陣に六合が手を貸す。まず騰蛇を引き上げ、次に勾陣を。

騰蛇は半ば茫然《ぼうぜん》としていた。地に手をついて、荒《あら》い息を吐《は》いている。額にあったはずの銀冠《ぎんかん》は失《う》せ、金色の瞳が何かを探すように泳いだ。

騰蛇の視線が一点に据えられる。

言葉を失っている太陰と玄武。片膝をついた成親と、彼らの前に横たわった子ども。

そうだ、あの子だ。忘れてはいけない名前の、子ども。

騰蛇は、強張《こわば》ってうまく動かない唇《くちびる》を懸命《けんめい》に動かした。

「……ま…」

よろめきながら立ち上がり、ふらふらと足を進めて、その子の傍《かたわ》らに膝をつく。

金色の瞳が大きく歪《ゆが》んだ。

「……昌浩…っ！」


お座りをしていた物の怪が、ふいに耳をそよがせた。

『おや？　おい、呼ばれてるぞ』

『え？』

耳を澄《す》ませても、昌浩には何も聞こえない。

『呼んだ？　誰《だれ》が？』

すると物の怪は、にまっと笑って片目をすがめた。

『さぁなぁ。誰だろうなぁ。……ああほら、必死だ。行ってやれって』

『ええ？　だって、そしたらもっくんにもう会えないじゃないか』

物の怪の尻尾《しっぽ》がぱたぱたと動く。

『いやいや、そんなことはないぞ。そうだなぁ、まぁ確かにそうかもしれんが…、俺ではお前の名前を呼べないからなぁ』

『……どういうこと？』

『さて、な』

おだやかに笑って、物の怪はすいと立ち上がる。

『お前が行くのは向こう。ほら、空が真っ赤だろ？　あっちに行けば、会えるだろうさ』

前足で示して、物の怪は反対方向に駆《か》けていく。

昌浩が呼び止めても、物の怪は立ち止まらずに行ってしまった。

『……呼んでるって…』

いったい、誰が。

昌浩は、ぼんやりと目を開けた。

真紅の空が広がっている。

そして、空よりずっと濃色《のうしょく》のざんばらの髪《かみ》に縁《ふち》どられた精悍《せいかん》な顔が、自分を見下ろしていた。

ああ、と昌浩は息をついた。

夢の、つづきだ。

形のいい唇が震《ふる》えながら言葉をつむぐ。確かに、はっきりと。

昌浩はゆっくりと瞬《まばた》きをした。

どうしてだろう。目頭《めがしら》が熱い。もっとちゃんと見ていたいのに、視界がにじんでぼやけてしまう。

これは夢だ。

だって、この声が自分の名前を呼ぶことは、もう決してないのだから。

力を入れて腕《うで》を持ち上げ、手をのばす。小刻みに震えている指の先に具《そな》わった爪《つめ》は鋭《するど》く尖《とが》っていて、昌浩はいつも思っていた。あれで自分を引っ掻いちゃったりしないのかなぁ。

その指を摑《つか》んで、そのぬくもりに触《ふ》れて、昌浩はふわりと笑った。眦《まなじり》に冷たいものが滑《すべ》り落ちたのが、とても不思議だった。

あたたかい。

ああ、なんて。

昌浩は目を細めた。

なんて幸せな、夢だろう────。

指を摑んだ冷たい手が、力を失ってするりと落ちた。

「昌浩…っ！」

騰蛇がどんなに叫《さけ》んでも、それきり昌浩は動かない。

「嘘《うそ》だ、昌浩、おい…っ！」

半狂乱《はんきょうらん》になった騰蛇の頰《ほお》を、勾陣の平手が鮮《あざ》やかに張り倒《たお》した。

見ていた玄武と太陰が青くなってざっと後退《あとずさ》る。

彼らの予想に反し、殴《なぐ》られた痛みで我に返った騰蛇は、茫然と勾陣を見返した。額や頰に裂《れっ》傷《しょう》を負った険しい顔。

それから緩慢《かんまん》に視線を滑らせて、気を失った昌浩の眠《ねむ》るような顔を。

子どもの顔にかすかに残った笑《え》みが、彼の胸を深くえぐった。

「………俺…は…」

脳裏《のうり》を駆け抜《ぬ》けるのは、縛魂《ばくこん》の術中に落ちてからの凄惨《せいさん》な光景の数々。騰蛇は口元を手のひらで覆《おお》った。

「…俺は……！」

そのまま絶句した騰蛇に、勾陣は厳《おごそ》かに告げた。

「お前は大ばか者だ。……何度も何度も、同じことを言わせるな」

五十余年前と同じ言葉を投げかけて、目を伏《ふ》せる騰蛇の肩を叩く。たくましいはずの体軀《たいく》が、いまはこれほど小さく見えるのが不思議だった。

「……とにかく、昌浩を連れて行く。休ませないと…」

成親の背に六合が昌浩を背負わせる。そのまま六合、太陰、玄武の三人は隠形《おんぎょう》し、成親に同行してその場をあとにした。

勾陣はしばらく騰蛇を見下ろしていたが、ここにいないほうがいいだろうと判断して踵《きびす》を返した。

「気がすんだら、戻《もど》ってこい。……目覚めたときにお前がいなかったら、きっと夢だと思うだろうからな」

騰蛇の肩が、僅《わず》かに動く。それを見届けて、勾陣はふっと隠形した。

真紅《しんく》の空が、徐々《じょじょ》に闇《やみ》色に染まっていく。

——名前を呼んだら、こちらを見た。

のばした手を掴んで、その嬰児《みどりご》は。

恐《おそ》ろしい十二神将をまっすぐに見て、屈託《くったく》なく笑った。

「………っ」

十三年前と、変わらずに。

のばした指を掴んで。

騰蛇を見て、あの子は笑った。
俺が何をしたのかも、あの子はその身をもって知っているのに。
それなのに、あの子は。
騰蛇の長い長い夜を終わらせた、あの子は。
血に染まった指を、そうと知っていても変わらずに摑んで。
「俺は…っ」
騰蛇は両の手で顔を覆い、血を吐くような悲痛な声でうめいた。

11

全身を炎《ほのお》に焼かれた傲狼は、命からがらそれでもなんとか炎に紛《まぎ》れて逃《に》げ延《の》びていた。

入海《いりうみ》の対岸にたどり着き、水から上がって安堵《あんど》する。焼け落ちた体は、ときをかけ餌《えさ》を食《は》んでいれば再生されるはずだ。

『しばらく身をひそめ、体を癒《いや》せば……』

「それは無理だな」

傲狼は、見えない氷の手に搦《から》め取られたように硬直《こうちょく》した。

のろのろと首をめぐらせる。

対岸の岩の上。夕陽《ゆうひ》を背にし、その顔は逆光で見えない。だが傲狼には、それが誰なのか顔など見なくともわかった。

『き、貴様は…晶霞《しょうか》！』

岩上に腰《こし》を下ろしたまま、その昔傲狼を封《ふう》じ込《こ》めた仇敵《きゅうてき》は涼《すず》やかに笑う。

「誰が封じをといたのかは知らないが、そのまま西国に戻っていれば命拾いしたものを」

白銀の髪が夕陽を受け金色に染まり、風になびいた。

妖《あやかし》を見据《みす》える双眸《そうぼう》は、月影《かげ》のような青灰《せいかい》。

晶霞がおもむろに立ち上がる。

「傲狼。私はいま後悔《こうかい》しているよ。あのとき、面倒《めんどう》がらずにお前を倒しておけばよかったと」

『戯《ざ》れ言《ごと》をぬかすな！　貴様ごときがこの傲狼を倒すなどと……！』

「ずっと身をひそめていたというのに、お前のせいで出てこざるを得なくなった。罪は重いぞ」

逆光に隠された顔が笑う。冷酷《れいこく》に。

白い手がのびた。傲狼に手のひらをかざし、軽く力を込める。

それだけで、傲狼の全身に凄《すさ》まじい霊気《れいき》がのしかかった。

『…な……に…っ…!?』

ずず、と音を立てて、傲狼の巨体《きょたい》が潰《つぶ》されていく。じわじわと肉が断たれ骨が砕《くだ》かれていく音を聞きながら、傲狼は引き攣《つ》った絶叫《ぜっきょう》を響《ひび》かせた。

その余韻《よいん》が消えぬうちに、傲狼の体は霊気の鉾《ほこ》で打ち砕かれ、微塵《みじん》と化して入海に沈《しず》んだ。

右手を軽く振《ふ》り、傲狼を無造作に打ち倒した妖は、対岸を見はるかした。

何百年も前に、あの妖怪《ようかい》を封じ込め、祠《ほこら》を作った。あちらから挑《いど》んできたから相手をした。

殺すのも手間だし、静かになればそれでよかったので封じたのだが、こんなことなら最初から禍根《かこん》なく殺しておくのだった。

傲狼に心を壊《こわ》されてしまった者は、二度と元には戻らない。

だが、と、当時の人に神と呼ばれた妖は思案した。人には無理でも、神ならばできるのだ。本来なら傲狼を解放したものが誰《だれ》であるにせよ、一刻も早くこの場から逃《のが》れるべきである。

「……しかし、それではあまりにも無責任だな」

さすがにこのままにしておくのは寝覚《ねざ》めが悪い。過去の自分が面倒がったゆえの惨事《さんじ》でもあるのだから。

「それにしても……」

対岸を眺《なが》めやったまま、晶霞は深刻なため息をついた。

「参った。……厄介《やっかい》なことになりそうだ」


屋敷《やしき》に戻った成親が、ことの顚末《てんまつ》を野代重頼に報告してからあてがわれた部屋に帰っても、昌浩は目を覚まさなかった。

呼吸は大分おだやかになっているから、大事はないはずだ。体温も元に戻って、あとは気がつくのを待つばかり。

「まぁ、案ずることもないか」

昌浩の傍《かたわ》らに座って息をついた成親は、ふと気配を感じて背後を顧《かえり》みた。

廂《ひさし》に、白い物の怪がたたずんでいる。しおしおと首をうなだれて、いまにも消え入りそうな様子だった。

成親は目をしばたたかせて、なんとも形容のし難《がた》い顔をした。いろいろと言いたいことはたくさんあるのだが、さらに鞭《むち》打つような真似をするのはさすがに憐《あわ》れな気がした。

だから、口にしたのは別の言葉だ。

「――そんなところにいないで、もっと近くにいればいい」

物の怪の背中がびくりと震《ふる》える。白い四肢《しし》がそろそろと動いて、物の怪は成親の影に隠れるように足を止める。

昌浩が、この姿を差して「物の怪のもっくん」と冗談《じょうだん》混じりに呼んでいたのを思い出した。

だがもし成親が同じように呼んだとしても、騰蛇は黙殺《もくさつ》するか睥睨《へいげい》するか、そのどちらかだ。

成親はずっと騰蛇が恐ろしかった。それはいまも変わらない。だが、恐怖《きょうふ》とは別のものをいまの騰蛇に感じるのもまた事実だ。

彼らの知っている騰蛇と、昌浩の知っている騰蛇は、同じにして否なるものなのかもしれない。

昌浩がかすかに身じろぎをした。はっとして様子を窺《うかが》うと、白い瞼《まぶた》が震えてのろのろと瞳《ひとみ》が

現れる。

しばらく茅葺《かやぶき》の屋根裏を見ていた昌浩は、瞬《まばた》きをして視線を泳がせ、横にいる成親に気がついた。

「ああ…兄上…」

「気分はどうだ?」

昌浩は淡《あわ》く笑った。

「大丈夫《だいじょうぶ》…。あのねぇ、夢を見てたよ」

幼い子どものような物言いで、昌浩はそう言った。成親は目許《めもと》を和《なご》ませて頷《うなず》く。

「そうか。…いい夢か?」

尋《たず》ねると、彼の弟は本当に嬉《うれ》しそうに笑《え》みを深くする。

「すごく、幸せな夢。……夢でもいいから、ずっと会いたかったんだ」

「それは、良かったなぁ」

成親の手が昌浩の額に触《ふ》れる。くすぐったそうに目を細めて、昌浩は頷いた。

本当に、泣きたくなるくらい幸せな、いとおしい夢だった。——もう充分《じゅうぶん》だと思えるほどに。

「昌浩、兄は少し郷《さと》の様子を見てくるから、おとなしく寝ているんだぞ」

うんと頷いて、昌浩は大きく息を吐《は》く。全身が鉛《なまり》のように重かった。

成親が出て行くと、しんと静寂《せいじゃく》が室内を満たす。

いまは何刻頃《ころ》で、自分はどれくらいの間気を失っていたのだろう。

廂の向こうに広がる空で判断しようと、重い首をよいしょと動かして。昌浩は息を止めた。

物の怪が、ひっそりとたたずんでいる。しおしおとうなだれて、微動《びどう》だにせずに。

いつからそこにいたのだろう。気配をまるで感じなかった。

「………っ…」

思わずもっくんと言いそうになって、慌《あわ》てて言葉を呑《の》み込む。心の準備をしてからもう一度口を開いて、昌浩はそっと呼びかけた。

「騰蛇……どうした？」

物の怪の体がぴくりと反応した。下を向いたまま、凍《い》てついたか細い声が響く。

「………だ…」

「え？」

よく聞き取れない。

物の怪はもう一度、先ほどよりも強い声音で、繰《く》り返した。

「……紅蓮、だ」

どくんと、昌浩の心臓が跳《は》ね上がる。

「言っただろう。お前に、俺の名を呼ぶ権利をやろうと……」

うつむいたまま物の怪は、懸命《けんめい》に絞《しぼ》り出すような声で告げた。

それきり押し黙《だま》り、物の怪はかすかに震えながら昌浩の反応を待った。

「………」

昌浩は、屋根裏を見上げた。

——夢の、つづきだ。

あまりにも幸せな夢だったから。幸せで、幸せすぎて、どうか醒《さ》めるなと、心底願うほどにそれは。

降りしきる沈黙《ちんもく》が心に重くのしかかる。たまりかねて、物の怪は震える声を吐き出した。

「…俺は……っ」

けれども、それ以上言葉にならない。伝えたいことはたくさんある。告げたいこともたくさんある。

だが、この手にかけた。二度と同じ過《あやま》ちは繰り返さないと誓《ちか》ったはずなのに。

夜の闇《やみ》を終わらせる太陽の光。それが射《さ》すまでの短い時間を暁《あかとき》降《くた》ちと呼ぶ。昌浩と出会う前、彼は確かに闇の中にいた。この子の存在が長い夜を終わらせた。決して来ることはないであろうと思っていた暁降ちが、訪《おとず》れた。

この子が生まれてからの十三年間は、数えることもできないほど長い夜を補ってなお余りある。それなのに。

ふいに、静かな声が沈黙を破った。

「……俺さぁ」

物の怪が怯《おび》えるように息を詰《つ》める。何を言われても仕方がない、自分はそれだけのことをした。

「……妖怪《ようかい》とか、化け物とか、視《み》えなくなっちゃったよ…」

うつむいたままの物の怪の瞳が凍《こお》りつく。弾《はじ》かれたようにして顔を上げると、昌浩は物の怪をまっすぐに見つめていた。

「視えない…!?」

愕然《がくぜん》とする物の怪に頷いて、昌浩は静かにつづけた。

「六合とか太陰たちは、ちゃんと俺に視えるように気を遣《つか》ってくれるんだけど、化け物とか視えないのは、しんどいね。俺、陰陽師《おんみょうじ》になるんだからさ」

でもねぇと、昌浩は仄《ほの》かに笑った。

「不思議なことに、もっくんだけは視えるんだよ。……ずっと、そうだったよね」

祖父の晴明によって、昌浩の見鬼《けんき》の才は十三の春までずっと封《ふう》じられていた。

物の怪が、柏《かしわ》の木から落ちてきたときも、本当だったら昌浩の目には、その姿は映らないはずだったのだ。

だが、見えた。不機嫌《ふきげん》そうに自分を見返してきて、眉《まゆ》をひそめたその姿が。

「覚えてなくても、その姿のままでいてくれたから…。もっくんだけは、ずっと見えてたんだよ」

言葉を重ねるうちに、喉《のど》が震えた。

物の怪の瞳。夕焼けの瞳だ。優《やさ》しい紅《あか》い瞳。あの夕焼けのように、優しい。

その瞳をちゃんと見たいのに、どうしようもなく視界がにじんで、ぼやけてしようがない。

「俺、陰陽師になるよ。視えないのはちょっと不便だと思うけど、それでも絶対になってみせる。…紅蓮と約束したから、頑張《がんば》る」

昌浩は、だから、と目を細めた。眦《まなじり》からこめかみに、涙が滑り落ちる。

「もっくん、俺の目になってよ……」

「――――」

息をとめる物の怪の耳の奥で、懐《なつ》かしい声が響《ひび》いた。

――お前、俺の目にならない？

一年前の春の終わりに、昌浩はそう言った。

そして、いま。もうすぐ春が終わる。

たくさんのことが起きて、たくさんの思いを知った。

痛みも、苦しみも、悲しみも、怒《いか》りも。

それらすべてを乗り越《こ》えて、昌浩は同じ言葉を繰り返す。

「一緒《いっしょ》に帰ろうよ。彰子が待ってるんだ。もっくんはいつ帰ってくるの？　…て。連れて帰らなかったら、怒られちゃうよ」

たまらなくなって目を閉じる物の怪に、昌浩は何度も言い聞かせる。

「帰ろうよ。もっくんがいなきゃ、だめなんだ……」

闇の中に、物の怪の紅い瞳《ひとみ》がきらめいている。

疲《つか》れ切って眠《ねむ》る昌浩の顔に、小さな嬰児《みどりご》の面差《おもざ》しが重なって見えた。

物の怪は瞬《まばた》きをした。

――もっくん、なんで、物の怪の格好してるんだっけ

随分《ずいぶん》昔に為《な》された問いかけだ。

紅蓮が、異形の姿をしているわけ。

大きな猫《ねこ》か犬のような体軀《たいく》。全身を白い毛並みに覆《おお》われて、四肢《しし》の先には五本の爪《つめ》が具《そな》わる。

首周りを勾玉《まがたま》に似た赤い突起《とっき》が一巡《いちじゅん》し、長い耳は後ろに流れて、額に花のような紅い模様がある。

そして、大きく丸い瞳は、紅い――。

どんなことがあっても、たとえば自分自身を見失っても、この姿は昌浩の目にだけは映るの

だ。

なぜならば。

「……見えなきゃ、意味がないだろう…？」

その姿が白いのは、無垢《むく》な子どもの心に寄り添《そ》いたいからだ。

その姿が小さいのは、幼い子どもを怯えさせないためだ。

苛烈《かれつ》で凄惨《せいさん》な本性《ほんしょう》の神気を封じ込《こ》める、足枷《あしかせ》にも似た異形の姿。

すべては、この子のために。

だが。

瞳は紅い。それは、螣蛇が犯《おか》した咎《とが》の色。この身を染めた鮮血の、決して消えない罪業《ざいごう》の証《あかし》。

それなのに、この子が言うのだ。

――もっくんの瞳は夕焼けの色だねぇ
訝《いぶか》る物の怪に、笑って語った。

――そうだよ。夕焼けを切り取ったみたい
あの夕陽が赤いのは、黄昏《たそがれ》のときに真紅《しんく》に染まるのは、太陽がとても優しいからだと、昌浩は言った。

一日中人々のために地上を照らして、もうすぐ陰《かげ》に隠《かく》れて休むことができる。そう思って、最後の最後に本当に少しだけ、気がゆるんでしまうのだ。

だから夕陽は赤く、空は紅く染まる。

「…………っ…」

優しい、色だと。夕焼けの色だと、この子は。

あの夕陽は本当に優しくて、この瞳もだから優しい色だと。屈託《くったく》なく笑ってこの子は。

決して消えない罪が、赦《ゆる》されたと錯覚《さっかく》してしまうほどに。

――俺の、目になってよ……

罪深いこの身。背負うものが絶え間なく心にのしかかり、癒《い》えない傷が膿《う》んで血を流し常に痛む。本来ならば、人のそばにいることなど許されない、これは穢《けが》れた命だ。――でも。

お前が望むならば、俺はお前のそばにいる。

それで少しでも、贖《あがな》いになるならば。

たとえ新たな罪を重ねても、その心が闇に覆われたこの身に光をくれる。

そう、信じて――願っている。

松明《たいまつ》を片手に、成親は集落を目指していた。

根本の原因だった化け物は螣蛇によって退治られたが、だからといって犠牲《ぎせい》者たちが元に戻《もど》るわけはない。あの化け物はおそらく、心を壊《こわ》し、記憶《きおく》を削《けず》り取っていったのだ。

昭吉や弥助になんと言おう。どんな言い方をしても、あの小さなふたりが泣くことは目に見えている。

自分の無力さに吐《は》き気がする。どれほど修行しても、できないことのほうが圧倒《あっとう》的に多い。

「だから俺は、地道な暦道《れきどう》を選んだんだ…」

嘆息《たんそく》混じりに吐き捨てて、昭吉たちの住まいにたどり着くと、昨日まで火が消えたようだった家に、はしゃいだ明るい声が満ちていた。

成親は啞然《あぜん》とした。

「どういうことだ…？」

外から差した松明の光に気づいて、子どもたちが顔を出す。成親を見て、ふたりは目を輝《かがや》かせた。

「あ、おじさん！」

「大きい兄ちゃんは？　大丈夫《だいじょうぶ》だった？」

思わず気後《きおく》れして、成親はしどろもどろになりながらなんとか頷《うなず》く。

子どもたちの後ろから、ひとりの女性が現れた。

「どうしたの？」

「かあちゃん、この人がみやこからきたえらい人だよ！」

「この人と、大きい兄ちゃんが悪い化け物をやっつけてくれて、だから母ちゃん元に戻ったんだよ！」

嬉《うれ》しくて仕方がないという様子で、子どもたちは戻ってきた母親にまとわりつく。

「まぁ、そうだったんですか…。ありがとうございます」

「い、いえ…」

予想だにしなかった事態に、成親はそれきり二の句が継《つ》げない。

何もないけれども寄って行ってくれという申し出をやんわりと辞退して、成親は郷中の被害《ひがい》者を訪ねて回った。

みな、何事もなかったように元に戻っている。成親が都から来た陰陽師《おんみょうじ》なのは誰《だれ》もが知っているから、顔を出す先々で深く礼を言われて、居心地《いごこち》が悪くてしようがなかった。

最後に訪ねたのは、祠《ほこら》の封《ふう》じをといた張本人である佳代のところだった。

さすがに床《とこ》についている佳代は、それでも笑えるようになっていた。生き人形のようだった姿とはうって変わり、表情がくるくると動いて可愛《かわい》らしい。

「あのね、ないしょだけど、神さまがきてくれたの」

親には聞こえないようにして、佳代はそっと耳打ちしてきた。

「人に言ったらだめだって。でも、おじさんはかよをたすけにきてくれた人だから、おじさんがきたらはなしてもいいって言ってた」

気がつくと目の前に白い神さまがたたずんでいて、佳代の頭を軽く撫《な》でると薄《うす》く笑って言ったのだという。

――すまないことをしたな……。

「たすけてくれたんだから、あやまらなくてもいいのにねぇ」

そう言って、少女はくすくすと笑った。

集落を出て野代の屋敷《やしき》に向かいながら、成親は混乱しかかった頭を抱《かか》えた。

「いったい、どういうことなんだ…？」

主屋《おもや》の屋根の上で、十二神将たちは時が過ぎるのを待っていた。

さすがに、いまの昌浩と騰蛇のそばに行くのははばかられる。へたなことをしたら騰蛇に焼かれそうだ。

「やっぱり、いまの騰蛇だったらあんまり怖《こわ》くないのよ」

述懐《じゅっかい》する太陰に、玄武がしかつめらしい顔で同意した。

「うむ。我もそう思う」

「そうよねぇ。何が違《ちが》うのかしら」

首をひねる太陰の言葉に、足を組んで座っている勾陣が淡《あわ》く微笑《びしょう》する。顔や体の傷はまだ残っている。完全に治るまで大分かかるだろう。それでも、騰蛇の炎《ほのお》に焼かれてこの程度で済んだのだ。ひどくすれば全身大火傷《やけど》を負っているか、炎に巻かれて命を落としている。

六合は常のように沈黙《ちんもく》している。その胸元《むなもと》に、紅い勾玉が揺《ゆ》れていた。それに気づいて、勾陣の瞳が興味深そうにきらめく。

確か、妖《あやかし》と対峙《たいじ》していた折には、胸元には何もなかった。

「懐《ふところ》にしまっていたか、なるほど」

小さく呟《つぶや》いてしきりに納得《なっとく》した風情《ふぜい》だ。視線に気づいた六合が一瞥《いちべつ》してきたが、彼は無言のままだった。

玄武とあれやこれやと意見交換《こうかん》していた太陰は、ふと黙《だま》り込んだ。

「太陰？」

訝る玄武に口元に指を当てて見せ、太陰は耳を傾《かたむ》ける。

しばらくしてから頷いて、太陰は六合に向き直った。

「六合、晴明から通達よ」

黄褐色《おうかっしょく》の瞳《ひとみ》がかすかに動く。

「道反《ちがえし》の聖域に、言伝《ことづて》を持って行ってくれ、ですって。詳《くわ》しいことは玄武の水鏡で話すって」

六合と、指名された玄武が立ち上がり、晴明の話を聞くために場所を変える。

ふたりだけになった屋根の上で、太陰は勾陣の隣《となり》にちょこんと腰《こし》を下ろした。

出雲に来てから、初めて星を見た気がする。

天を仰《あお》いでいた太陰に、勾陣が静かに話しかけた。

「……いまの騰蛇が怖くない理由、知りたいか？」

太陰の目が大きくなる。彼女はがばっと勾陣を振《ふ》り向いた。

「知ってるのっ⁉」

「予測の範疇《はんちゅう》だが」

「それでもいいわ！」

そうかと頷いて、勾陣は記憶を手繰《たぐ》るように目を細めた。

「……これがそうだと決まったわけでは、もちろんないけれど」

◆　◆　◆

よちよちとだが歩けるようになった昌浩が、晴明の腕《うで》にすがりついてきゃっきゃと声を立てて笑った。

よしよしと赤《あか》ん坊《ぼう》の頭を撫でた晴明が、生真面目《きまじめ》な顔をして言い聞かせる。

「昌浩、いいか、わしはじい様だ。じいさま。言ってごらん」

「……さすがにまだ無理だろう」

久方ぶりに晴明の許《もと》に顕現《けんげん》した騰蛇が、半ば呆《あき》れた顔をする。実は勾陣もこの場にいるのだが、彼女は用事がないので隠形《おんぎょう》しているのだ。

凶将《きょうしょう》の神気は、抑制《よくせい》しても顕現しているとこぼれ出る。まだまだ小さな赤ん坊がいるのだからと、一応気を遣《つか》った結果だった。

騰蛇が平気で顕現していることに関しては、勾陣は意見は差し控《ひか》えている。晴明が何も言わないから、別に構わないのかもしれない。

考え方の違《ちが》いだ。おそらく。

晴明は騰蛇を顧《かえり》みた。

「紅蓮、教育は早ければ早いほどいいというぞ。それにほれ、本人はやる気だ」

ようやく立って歩けるようになった昌浩は、あーだのうーだのと一応努力らしきものにいそしんでいる。

「そうそう、じいさま」

「いー、あー」

「じいさまじゃ、じいさま」

「じー、ま？」

首を傾《かし》げる昌浩に、晴明は破顔して何度も頷いた。

「おお、昌浩は賢《かしこ》いのぅ。偉《えら》いぞ、成親や昌親より言葉が早い、この子は頭がよくなるぞぉ」

目尻《めじり》のしわを目いっぱい深くして、なんだか果てしない発言をしている晴明の背中に、騰蛇はぼそりと呟いた。

「……爺《じじ》ばか……」

「何か言ったか？」

「いや、なんにも」

しれっとあさってを見る騰蛇をじとっと睨《ね》めつけて、晴明は昌浩の耳元に口を寄せた。

「いいか、昌浩。あれは紅蓮じゃ、紅蓮」

「おいおい、だからまだ無理だろうて」

「お前はいいから黙らっしゃい。紅蓮、紅蓮。紅蓮だぞ、昌浩」

昌浩は祖父と騰蛇の顔をきょろきょろと見て、ふらふらと歩き出した。騰蛇のほうへ。

ああ危なっかしい歩き方だと、勾陣が柱に寄りかかって見守る中で、昌浩は一歩一歩足を進めながら、騰蛇に手をのばした。

「…え、あー」

「ああ、はいはい」

苦笑《くしょう》混じりに手を差しのべた騰蛇の目をまっすぐに見て、昌浩が笑う。

「れーん…」

晴明が目を丸くした。

「ほほぅ…。ほーれ、みろ。賢い賢い」

ご満悦《まんえつ》の晴明は我がことのように胸を反らす。

一方の騰蛇は、不意打ちを食らった様子で言葉を失《な》くしていた。珍《めずら》しい。こんな顔は初めて見る。騰蛇でもこんな気の抜《ぬ》けた顔をするのか。

勾陣が感心していると、騰蛇は複雑な表情をして、目を細めた。

「……なんだ、昌浩」

ようやくたどり着いてはしゃぐ子どもを抱《だ》き上げて、騰蛇が笑う。

勾陣は、それこそ呼吸を忘れるほどに驚《おどろ》いた。

敵と対峙するときの酷薄《こくはく》な冷笑とはまったく別の、穏《おだ》やかに笑《え》み崩《くず》れた顔。

大喜びで額の金冠《きんかん》をいじりだした昌浩に、さすがに慌《あわ》てた騰蛇が引き離《はな》そうとする。しっかりと金冠を摑《つか》んで放さない子どもの、驚くほど強い力に辟易《へきえき》しながら。

それでも騰蛇は笑っていた――。

◆　◆　◆

太陰が口を開いたまま絶句している。

予想通りの反応だなと思いながら、勾陣は首を傾げた。

「もしかしたら、もっと前からだったのかもしれない。だが、あんな風に好ましく笑った姿を見たのは、それが最初だ」

まだ舌足らずな赤ん坊が、初めて名前を呼んだ。

それも、彼の持つ「騰蛇」という名ではなく、晴明の与《あた》えたふたつ名である「紅蓮」と。

昌浩は、それこそ最初からずっと、騰蛇を「紅蓮」と呼んでいるのだ。

「名前というのは一番短い呪《しゅ》だというのは、晴明の口癖《くちぐせ》だな。あの名は晴明の願いで、昌浩がそれを具現した。私はそう思っている」

だから、騰蛇は変わった。驚くほどに。

太陰はふと唇《くちびる》を引き結んで、悄然《しょうぜん》とうなだれた。膝《ひざ》を抱《かか》えて顔をうずめるようにして、考えごとをするように。

「……わたし、騰蛇が怖《こわ》いわ。道反の一件からこっち、ずっと怖かった」

勾陣を見上げて、太陰は悲しいような泣きたいような顔をする。

「わたしたちは、晴明からそんな名前はもらってないし、もらわないほうがいいんだってこともわかってる。……でも、ねぇ勾陣。晴明のくれる名前は、どんな感じなの？」

問いを受けて、勾陣の瞳が仄《ほの》かに揺《ゆ》れた。黒曜の瞳に、感情の波が浮《う》かんで消える。

「――そう、たとえるなら……真綿の呪縛《じゅばく》、だな……」

音もなく、痛みもなく。

ゆるやかに束縛《そくばく》する、形なき足枷《あしかせ》にも似て。

ただ、それがあまりにも心地《ここち》いいから、酔《よ》っていたくなる。

抽象《ちゅうしょう》的な表現だったが、太陰にはその意味するところが伝わったらしい。彼女は納得したように頷《うなず》いて、再び膝を抱いた。

「…わたし、騰蛇はすごく怖い。でも、でもね」

晴明が、昌浩が。紅蓮と、あの名を呼ぶたびに。

「少しずつ。ほんとに、少しずつだけど、怖いのが薄《うす》れていくような、そんな気がするの…」

控えめな言葉が風に流される。

勾陣は黙然《もくぜん》と目を閉じて、うつむく太陰の頭をくしゃりと撫《な》でた。

ずっと昔、ひとつの名前が凍《こご》える心に与えられた。

それは、切なる想《おも》いをこめた祈《いの》りのようで。
その名を呼ぶ声は、極寒の地に降り注ぐ陽射《ひざ》しのぬくもりに、似ている。

あとがき

久しぶりにあとがきページをたくさんいただいたので、ここはひとつ現代パラレル版少年陰陽師の小ネタでも、と意気込んでいたら、今回は書くことが一杯《いっぱい》あるからできそうにありません。むむむ。あんな話やこんな話があるというのに。

おひさしぶりです、こんにちは。皆様《みなさま》いかがお過ごしでしょうか、結城光流でございます。

新章に突入《とつにゅう》しました、少年陰陽師第九巻をお届けです。

七巻から八巻までの期間が短かったので、七巻発行から九巻発行までに届いたファンレターを合わせて人気キャラ集計をやっていたのですが、大番狂《おおばんくる》わせが起こりました。

一位、主人公の面目躍如《めんもくやくじょ》、安倍昌浩数えで十四歳。九冊目にして昌浩ファン悲願の一位です。

二位、七巻で意外な一面を披露《ひろう》してくれた十二神将六合。途中《とちゅう》までは彼がぶっちぎりで一位だったのですが、八巻が出てからの昌浩の巻き返しに負けて次点に。

三位、不動のトップから転落、物の怪のもっくん（含《ふく》む紅蓮）。やはり七巻のラストで衝撃《しょうげき》が駆《か》け抜《ぬ》けてしまったためでしょうか。この巻でさらに下がるかもしれませんねぇ。

このあとに勾陣、晴明、玄武、風音、彰子、太陰とつづいていきます。成親にーちゃんをお好きだという方も多いですね。昌浩のにーちゃんずはこの先もぼちぼち出てくる予定です。


この巻を書くにあたって、島根県に取材に行きました。

目指すは伊賦夜坂《いふやざか》と千引磐《ちびきのいわ》。現場にはひらめきが落ちている。それを拾いに行かなければ。

伊賦夜坂の最寄《もより》であるJR揖屋《いや》駅には、まちの駅があるのです。土地勘《かん》がないのでそこの係のおじさまに揖屋神社と伊賦夜坂の場所を尋《たず》ねたところ、ていねいに教えてくださいました。

ガイドブックでは揖屋神社まで徒歩五分くらいとあります。揖屋神社から伊賦夜坂までは徒歩三十分くらいだそうです。歩くことはまったく苦ではないし、時間があるから徒歩で動こうとしていた私に、おじさまは言いました。

「レンタサイクル貸してあげるから、乗っていきなさい」

天気もいいし、風も爽《さわ》やか。歩くより自転車のほうがよさそうなので、ありがたく使わせていただくことにしました。書いてもらった地図を頼《たよ》りに、いざ行かん揖屋神社及《およ》び伊賦夜坂へ！

漕《こ》ぎ出して五分弱、揖屋神社に到着《とうちゃく》です。……徒歩五分じゃなかったのか？　相当飛ばしたぞ、おい。嫌《いや》な予感を覚えつつ、伊賦夜坂へ出発。自転車を漕いで漕いで、二十分くらい漕いで、ようやく目印の踏《ふ》み切《き》りにたどり着き、そこから坂をのぼるのです。揖屋神社から徒歩で三十分が間違《まちが》っていると、この時点で軽やかに実証。おじさんありがとう、と心の中で何度も何度も礼を述べつつ、途中に自転車を止めて坂をのぼります。なぜか途中で葬式《そうしき》の真っ最中です。なんていいタイミングなんだ！（泣）さらに歩いて、ようやく黄泉《よみ》の入り口に到達。誰《だれ》もいない山の中、やけに静かで、沼《ぬま》まであったりなんかして、効果は満点。ひとりで来たことをこれほど悔《く》やむとは思いませなんだ。意味もなくおっかないょぅ、まるで何かがあがってきたように水草が沼の中から引きずり出されてるのはなんでだょぅ（涙）。雰囲気《ふんいき》を充分《じゅうぶん》すぎるほど堪能《たんのう》し、心持ち足早に自転車まで戻《もど》って、全力で自転車を漕いで坂をくだりました。全力で。ええ、全力で。そのあと戻ったまちの駅で、集っていた地元の皆さんにお茶とお菓子《かし》をすすめられ、職業を訊《き》かれて「作家なんです。ここには次の本の取材で来たんです」と言ったところ、皆さんとても親切で「だったら町役場に行けば資料になるものがあるかもしれない」と教えてくれました。皆さんに見送られ、結城そのまま町役場にレッツゴー。突然やってきて「このあたりに棲息《せいそく》している動物や植物分布や降水量や年間平均気温などを教えてくれ」と頼《たの》む怪《あや》しげな自称《じしょう》作家に、まちづくり推進課の方は「東出雲町史」を出してきてくれてまして、必要だと思われるところをすべてコピーしてくれたのです。ちなみに相当枚数ありました…。

　今回執筆《しっぴつ》の際、そのときのコピーがとても役に立ちました。まちの駅のおじさまは、電車に乗り込んだ私が見えなくなるまで、駅のホームで手を振《ふ》ってくれました。うう、東出雲《いずも》町、ないつかまた行きたいと思います。次は道連れがほしいところですが（笑）。島根には宍道湖《しんじこ》の夕陽も美しくて、あのとき出会った方々、本当にありがとうございます。んていい町だろう……（感涙）。

今回書くことが一杯あるのです。

八巻が出たあとに、サイン会をやらせていただきました。サイン会開催《かいさい》の第一報を聞いた私の第一声は「誰の？」。N崎《ざき》さん冷静に「結城さんとあさぎさんです」。結城不審《ふしん》げに「……あさぎさん？」「と、結城さん」。さぁ、ここからが大変。私がこの世で苦手なもののベストファイブのひとつ、それはサイン。さらに、ワタクシものすごく小心者です。読者の前に姿をさらしてサインするなんて、そんな恐《おそ》れ多いことをっ！

しかし時間は無情に流れ、着々と計画は進行し、京都と東京で二日間にわたって開催決定。当日京都会場のアニメイト京都店に入り、開始時間が刻一刻と近づいてくるにつれて、結城緊張《きんちょう》でがちがち。あさぎさんやN崎さんにめちゃくちゃ励《はげ》まされても効果があまりなく。京都店スタッフの方は鼓舞《こぶ》の意味で、すごくたくさんの人がもうこんなに並んでいますと、読者の列を陰《かげ》から見せてくれまして。

「ひ、ひとが、ひとがいっぱいいる……」

はからずも、トドメ。

声も出ない緊張のピーク、思わず非常扉《とびら》から逃《に》げ出しそうになるも阻《はば》まれ、か、神様助けて！　と神頼みまでしてしまう為体《ていたらく》。いまなら笑えるぞ、結城よ、無様だなっ（泣笑）。

そういうわけで、京都店の最初のほうに並んでいた皆様。あのとき、私は緊張のあまり顔をあげることすらできませんでした。せっかく来てくれたのに、無愛想でごめんなさい〜（号泣）。焦《あせ》って字を間違えたり、失敗ばっかりしてました。情けない、情けないぞ自分っ。

が、人間には順応性というものが備わっておりますので、時間が経《た》つごとにだんだん慣れて、休憩時間《きゅうけいじかん》も控《ひか》え室《しつ》に戻らず、机に座《すわ》ったままあさぎさんとN﨑さんとスタッフさんで談笑《だんしょう》するという余裕《よゆう》まで生まれました。そして油断しているところでまた失敗をすると。ああああ（泣）。

翌日は東京のアニメイト池袋《いけぶくろ》店。二日目ですから大分余裕です。さらに、尊敬する兄貴（仮）とYさんが応援《おうえん》に駆《か》けつけてくれたので、前日の緊張などなかったかのように、リラックスしまくりでサイン会開始。字を間違えたり失敗したりはやっぱりあったのですが、なんとか無事に終わりました。両日とも、隣《となり》にいた一蓮托生《いちれんたくしょう》のあさぎさんが絶妙《ぜつみょう》にフォローしてくださったから無事に終われたことは、言うまでもありません……（泣笑）。

読者の方から手紙やプレゼントをたくさんいただきました。花束、紙のたかむら（たかむらつながりですな♪）のハンドタオル、匂《にお》い袋《ぶくろ》、非売品の織田裕二《おだゆうじ》QUOカード、手作りのもっくんなどなど、全部は書ききれません。来てくれた人、関係者の皆様、本当にありがとうございました。どさくさに紛《まぎ》れてあさぎさんから個人的にサインをいただいて、ツーショットで写真まで撮《と》ってしまいました。わーい役得だ～♪

両日とも、島根で買った紅《あか》い勾玉《まがたま》のペンダントをつけていったんですが、下を向いてばかりだったのであまり見てもらえなかったのが残念。せっかく吟味《ぎんみ》に吟味を重ねて、あの勾玉に一番近いものを選んできたのになぁ（笑）。

そして、書くことが一杯の締《し》めくくりは、ビッグニュースです。

少年陰陽師がドラマCDになります。昌浩やもっくんや紅蓮やじい様が、しゃべるんです！　ええ、夢じゃないかって？　ええ、私もそう思いました。でも事実は小説より奇《き》なり。N﨑女史が私を驚《おどろ》かすために、なんの前触《まえぶ》れもなく（！）企画書《きかくしょ》をクロネコで送ってきたときは、茫《ぼう》然自失《ぜんじしつ》という四字熟語のいい見本。それこそ「まっしろ」という名の彫像《ちょうぞう》になりましたとも。

全三巻で、「異邦の影を探しだせ」から「鏡の檻をつき破《むか》れ」までの窮奇編を完全ドラマ化。アニメ業界で活躍《かつやく》中の脚本家《きゃくほん》吉村《よしむら》清子さんを脚本にお迎えし、気になるキャストはというと、うふふふふ、すごいんですよ。昌浩、甲斐田《かいだ》ゆきさん。物の怪のもっくん、大谷育江さん。紅蓮、小西克幸《かつゆき》さん。じい様、麦人《むぎひと》さん。若晴明、石田彰《あきら》さん。素晴《すば》らしい、思わず踊《おど》ってしまうくらい豪華《ごうか》です！　ほか、彰子や六合、青龍役にも豪華声優陣《じん》を取り揃《そろ》えて、株式会社フロンティアワークスより、1巻2004年4月23日、2巻6月25日、3巻8月25日にそれぞれ発売予定。ジャケットはもちろんあさぎ桜さんの描《か》き下ろし。さらに、もしかしたらここでしか読めない結城書き下ろし少年陰陽師番外小説もついちゃったりなんかするかもっ！　……かも…。

フロンティアワークスというと、え、どこ？　と一瞬《いっしゅん》戸惑《まど》いますが、サイン会を開催してくださったアニメイトです。さらに詳細《しょうさい》を知りたい方は、アニメイトの店頭か、フロンティアワークスにお問い合わせください。公式サイトもあるので、パソコンや携帯《けいたい》でもチェックＯＫです。ＵＲＬは、http://www.animate.tv/　携帯サイトのほうにも情報が満載《まんさい》だそうなのですが、残念ながらそちらのアドレスは不明なので、検索《けんさく》してみてくださいね。気になる人はこれを見たら即《そく》チェックです。

当然のことながら、一番喜んでいるのは誰あろう結城本人です。きゃっほう！

いつもファンレターをありがとうございます。キャラ集計に参加される方は、「このキャラに一票！」という形で書いてくださると、私がちょっと楽だったりするのでヨロシクお願いします（笑）。お返事ペーパーは七巻以降取りやめたので、切手や封筒《ふうとう》を同封されても返事は出せません。ごめんなさい。返事を書けない分、作品で返せるように頑張《がんば》りますね。

各キャラの誕生日や血液型などをよく訊かれるのですが、平安時代には両方ともないので決めていません。それに十二神将は、誕生日も血液型もない存在ですしね。

新たな敵の影が見えはじめたところで、十巻につづきます。
ではでは、また次の本でお会いしましょう。

結城光流

公式サイト「狭霧殿《さぎりでん》」http://www5e.biglobe.ne.jp/~sagiri/

「少年陰陽師　真紅の空を翔けあがれ」の感想をお寄せください。
おたよりのあて先
〒102-8078　東京都千代田区富士見2-13-3
角川書店アニメ・コミック事業部ビーンズ文庫編集部気付
「結城光流」先生・「あさぎ桜」先生
また、編集部へのご意見ご希望は、同じ住所で「ビーンズ文庫編集部」
までお寄せください。

BEANS BUNKO

少年陰陽師《しょうねんおんみょうじ》
真紅《しんく》の空《そら》を翔《か》けあがれ
結城光流《ゆうきみつる》

角川ビーンズ文庫　BB16-11　13239

平成16年2月1日　初版発行
平成16年4月25日　3版発行

発行者——井上伸一郎
発行所——株式会社角川書店
東京都千代田区富士見2-13-3
電話／編集（03）3238-8506
営業（03）3238-8521
〒102-8177　振替00130-9-195208
印刷所——暁印刷　製本所——千曲堂
装幀者——micro fish

ISBN4-04-441613-3 C0193 定価はカバーに明記してあります。

篁破幻草子
1 あだし野に眠るもの
2 ちはやぶる神のめざめの
京の妖異を退治する、
美しき"冥官"
その名は小野篁!!
結城光流
イラスト／四位広猫
昼は貴族達の憧れの君、夜は閻羅王直属の冥府の役人——ふたつの顔をもつ少年・篁が、幼なじみの融と共に大活躍する、歴史伝奇絵巻!
●角川ビーンズ文庫●